चन्द्रलोक का सफर

From the Earth to the Moon

का हिन्दी अनुवाद

किशोर कथा माला

चन्द्रलोक का सफर

जूर्ले बर्न के प्रसिद्ध उपन्यास

From the Earth to the Moon

का हिन्दी अनुवाद

वाणी प्रकाशन

वाणी प्रकाशन का 'लोगो'
विख्यात चित्रकार मक़बूल फ़िदा हुसेन की
कूची से

ISBN : 81-88716-09-X

वाणी प्रकाशन
21-ए, दरियागंज, नयी दिल्ली-110002
द्वारा प्रकाशित

फोन : 0091#11#23273167, 23275710
फैक्स : 0091#11#23275710
ई-मेल : vaniprakashan@gmail.com
vani_prakashan@yahoo.com
वेबसाइट : www.vaniprakashan.com

संस्करण : 2011

मूल्य : 150.00

दीपक ऑफसेट, दिल्ली-110032
में मुद्रित

CHANDRA LOK KA SAFAR
by Jule Berne

परिच्छेद 1

फेडरल युद्ध के समय संयुक्त राज्य अमेरिका के मैरीलेंड राज्य के बाल्टीमोर शहर में एक नये तथा प्रभावशाली क्लब की स्थापना हुई। यह तो सभी जानते हैं कि उस युद्ध में किस प्रकार जहाजियों, दुकानदारों एवं मैकेनिकों की रुचि युद्ध-संबंधी विषयों में बढ़ गयी थी। साधारण व्यापारी सीधे अपनी गद्दी से उठकर कैप्टन, कर्नल या जनरल बन गये थे। उन्होंने 'बेस्ट प्वाइन्ट' की पाठशाला में शिक्षा प्राप्त किये बगैर ही पुरानी दुनिया के बड़े-बड़े सेनानियों को हराया था और उनकी तरह सैनिक, धन एवं युद्ध-सामग्री पर काफी खर्च किये बिना ही विजय प्राप्त की थी।

परंतु जिस विषय में अमरिकियों ने यूरोपियनों को विशेष रूप से हराया था वह थी तोप बनाने की कला। अमरिकियों की तोपें केवल पूर्ण ही नहीं थीं, बल्कि काफी बड़ी भी थीं। इसीलिये उनका रेंज भी काफी दूर तक था। जहाँ तक तोपें चलाने का प्रश्न है, वहाँ तक अंग्रेज, फ्रेंच या प्रशियन को किसी शिक्षा की जरूरत नहीं होती। परंतु उनकी तोपें अमरिकियों की तोपों के मुकाबले में साधारण पिस्तौलनुमा होती हैं।

इस बात पर किसी को आश्चर्य नहीं होना चाहिए। जिस प्रकार इटालियन संगीतज्ञ होते हैं या जर्मन दार्शनिक होते हैं, उसी प्रकार अमरीकी पैदाइशी मैकेनिक होते हैं। इसीलिए उन्होंने तोपों के संबंध में नये-नये आविष्कार किये। 'पेरेट', 'दहलग्नेन' या 'रोडमैन' की आश्चर्यजनक तोपों को देखिये तो उनके मुकाबले में 'आर्मस्ट्रोंग', 'पेलिजर' या 'बार्ला' की तोपें बेहद साधारण मालूम पड़ती हैं।

किसी अमरीकी को यदि कोई विचार सूझता है तो तुरंत वह एक दूसरे अमरीकी को साझीदार बनाकर कंपनी बना देता है। यदि तीसरा अमरीकी शामिल हुआ तो एक अध्यक्ष बनेगा तथा अन्य दो मंत्री। चौथा मिला तो क्लर्क और दफ्तर तैयार। पाँच हो गये तो साधारण सभा बुलायी जायेगी और पूरा क्लब बन जायेगा। इसी प्रकार बाल्टीमोर में हुआ। एक तोप ढालनेवाले ने और एक सूराख करनेवाले ने एक नयी तोप का आविष्कार किया। इस प्रकार 'तोपक्लब' की नींव पड़ी।

'तोपक्लब' बनते ही एक महीने में उसके 1933 सक्रिय एवं 30,565 साधारण सदस्य बन गये। प्रत्येक सदस्य को क्लब में भर्ती होने के लिये एक शर्त जरूर माननी पड़ती थी। वह शर्त थी किसी नयी तरह की तोप बनाना या यदि तोप न बना सके तो कम से कम किसी तरह के आग उगलने वाले हथियारों का आविष्कार करना। यहाँ पर याद दिलाने योग्य है कि पिस्तौल या पाँच फायर के रिवाल्वर या इस प्रकार के किसी शस्त्र के आविष्कार को बहुत कम महत्त्व दिया जाता था। बंदूक या तोपों का ही अधिक महत्व थी।

क्लब का जो सदस्य जितनी ही तोपें बनाता था अथवा उसकी बनायी तोप जितनी दूर की मार करती थी उतना ही उसका सम्मान होता था।

'तोपक्लब' की स्थापना के बाद अमरिकयों के खोजी दिमाग की कल्पना करके परिणाम के बारे में सोचना आसान है। उनके युद्ध में अस्त्र-शस्त्र बहुत बड़े आकार के हो गये और उनका रेंज भी बहुत लंबा हो गया। वास्तव में इन आविष्कारों ने यूरोपियनों के छोटे अस्त्रों को काफी दूर ढकेल दिया।

ये अमरीकी बहादुर तो होते ही हैं, केवल चर्चा में व्यस्त नहीं रहते। अपनी योजनाओं एवं आविष्कारों पर काफी खर्च करके उसे व्यावहारिक रूप देते हैं। तोपक्लब के सदस्यों में बड़े अफसर लेफ्टीनेन्ट से लेकर जनरल तक, एवं मामूली सिपाही भी थे। इन सदस्यों में से बहुत से युद्ध में शहीद हो गये और उनका नाम क्लब की शहीदों की सूची में लिखा गया। जो युद्धभूमि से वापस आये थे उनमें से भी बहुत से अपनी बहादुरी के निशान लेकर ही वापस लौटे।

तोपक्लब में लकड़ी के नकली हाथ, पैर, नाक इत्यादि इस्तेमाल करनेवालों की कमी नहीं थी। कितनों के नकली जबड़े लगे थे। कई सदस्य ऐसे थे, जिनकी खोपड़ी में बड़े-बड़े छेद चाँदी के पत्तर से ढँके हुए थे। कितनों के हाथ के स्थान

पर लोहे के हुक लगे थे। आँकड़ों के एक विशेषज्ञ पिटकैर्न ने हिसाब लगाया था कि तोपक्लब के प्रत्येक चार सदस्यों के बीच में एक हाथ है एवं छः सदस्यों के बीच में दो पैर हैं।

लेकिन ये बहादुर तोपची अपने नुकसान की इन छोटी-छोटी बातों पर ध्यान नहीं देते थे, उल्टे उनको गर्व था कि लड़ाई में शत्रुओं की उनसे दस गुनी हानि होती थी। परंतु एक दुर्भाग्यपूर्ण दिन ऐसा आया कि दोनों देशों के बीच संधि हो गयी। तोपों की गर्जनाएँ शांत हो गयीं। बंदूकें एवं तोपें अपने-अपने स्थानों पर रख दी गयीं। जिन खेतों में मनुष्यों का खून गिरता था वहाँ घास उगने लगी और तोपक्लब की भी होती गयी।

कुछ विद्वान् फिर से तोप एवं बंदूक और गोलों-संबंधी कार्य करने लगे। उन्होंने बहुत बड़े गोले एवं बहुत बलशाली तोपों का आविष्कार किया। परंतु युद्ध के अभाव में इनका काम क्या था ? परिणाम यह हुआ कि क्लब का कमरा उजड़ गया। नौकर जम्हाइयाँ लेने लगे। मेज पर रखे जानेवाले अखबारों पर गर्द जमने लगी। क्लब के कोने-कोने में होनेवाली आवाजें बंद हो गयीं। कमरे में बिल्कुल शांति होने लगी।

धूम्रपान करने के कमरे में, आग के पास बैठकर, अपने लकड़ी के पैरों को तेजी से काले करता हुआ टाम हन्टर एक दिन चिल्ला उठा, "यह बहुत बुरा हुआ कि हमारे पास कोई काम नहीं। कैसा नीरस जीवन है ! कब फिर से बंदूकें गड़गड़ा उठेंगी।"

"वे दिन बीत गये।" जोली विल्सवाय बोल उठा, "कैसा अच्छा समय था वह ! किसी ने किसी प्रकार की तोप का आविष्कार किया और जैसे ही वह तैयार हुई कि दुश्मनों को मारने के लिये मैदान में पहुँचायी गयी। कैम्प से कोई व्यक्ति शेरमन के पास नये आविष्कार के लिये बधाई का संदेश ला रहा है या मेकलन की तरफ से हाथ-मिलाई हो रही है। परंतु अब तो जनरल ही अपने-अपने गाँव रवाना हो गये हैं और बजाय गोले भेजने के रुई की गाँठें भेज रहे हैं। भगवान् ही रक्षक है! अमरीका से तोप विद्या गयी।"

"अरे ! अब युद्ध की कोई आशा ही नहीं है।" जेम्स टी. मेस्टन बोला, "आकाश में युद्ध का एक भी बादल नहीं दिखायी पड़ता और वह भी इस समय कि जब तोप-विज्ञान तरक्की पर है। मैंने आज सुबह ही एक ऐसी तोप का नमूना

बनाया है जो हथियारों में भारी परिवर्तन ला देगा।"

"हैं ! क्या यह संभव है ?" टाम हन्टर ने जवाब दिया। उसका विचार तुरंत ही श्री जे.टी. मेस्टन की एक पुरानी खोज पर चला गया जिसको प्रथम बार इस्तेमाल करने पर उसने एक ही गोले से 237 दुश्मनों को मार डाला था।

"हाँ ! यह संभव है। लेकिन लगता है कि यह सब समय की बरबादी होगी। मालूम पड़ता है कि नयी दुनिया ने शांति का निश्चय कर लिया है। यद्यपि युद्धप्रिय 'ट्रिब्यून' कहता है कि "बढ़ती हुई आबादी के कारण भविष्य में लड़ाइयाँ होंगी।"

"फिर भी यूरोप में राष्ट्रीयता कायम रखने के लिये अक्सर लड़ाइयाँ हुआ करती हैं।"

"हाँ।"

"तो फिर वहाँ इस उद्योग के लिये कुछ स्थान है। यदि वह लोग हम लोगों की सेवाएँ स्वीकार...।"

"तुम कैसी बात सोच रहे हो।" बिल्सबाय बोल उठा–"क्या हम विदेशियों के लिये बंदूक चलाएँगे ?"

"यहाँ बेकार बैठे रहने के बजाय वहाँ काम करना बेहतर होगा।" कर्नल ने जवाब दिया।

"बिलकुल ठीक!" जे.टी. मेस्टन ने कहा, "परंतु हमें इसके बारे में अभी से यह नहीं सोचना चाहिए।"

"क्यों नहीं ?" कर्नल ने पूछा। "क्योंकि पुरानी दुनिया और अमरीका के विचारों में सैद्धांतिक मतभेद हैं। वहाँ मान्यता है कि बगैर सिपाही बने कोई व्यक्ति जनरल नहीं बन सकता और यह ठीक उसी प्रकार कहने के बराबर है कि जो बंदूक नहीं ढाल सकता वह उसे चला भी नहीं सकता।"

"बेहूदा !" अपनी आरामकुर्सी के हत्थों को खटखटाता हुआ टाम हन्टर बोल उठा। "परंतु यदि वहाँ ऐसा ही है तो हम लोगों के लिये केवल यही रास्ता है कि तंबाकू बोएँ या ह्वेल मछली का तेल निकालें।"

"क्या !" जे.टी. मेस्टन चिल्लाया, "क्या हम अपनी जिंदगी के बाकी वर्ष इन हथियारों को पूरा करने में नहीं बितायेंगे ? क्या अब हमें यह मौका नहीं मिलेगा कि नयी तोप के रेंज पर प्रयोग कर सकें ? क्या हमारी तोपें अब कभी

न दगेंगी ? क्या ऐसी हालत कभी न होगी कि हम अटलांटिक के उस पार के देशों से लड़ाई कर सकें ? क्या फ्रेंच या अंग्रेज हमारे स्टीमर नहीं डुबो देंगे या हमारे किसी देशवासी को फाँसी की सजा नहीं देंगे ?''

''नहीं ऐसा न हो सकेगा।'' कर्नल ब्लाम्स बेरी ने जवाब दिया, ''और अगर ऐसा हुआ भी तो अमरीकी धीरे-धीरे बरदाश्त कर लेंगे।''

''यह बिल्कुल गलत है !'' मेस्टन गरम हो गया। वह कहने लगा, ''लड़ने के हजारों बहाने हैं। हाँ ! भला बताइए, क्या उत्तरी अमरीका एक बार इंग्लैंड के अधीन नहीं था ?''

''सचमुच था'' टाम हन्टर ने जवाब दिया।

''तब क्यों न उसके बदले में इंग्लैंड अमरीका के अधीन हो जाये ?''

मेस्टन ने कहा।

"यह ठीक बात है" कर्नल ब्लाम्स बेरी बोल उठा—"जाओ, संयुक्तराष्ट्र के अध्यक्ष के समक्ष यह प्रस्ताव रखो और देखो वह किस प्रकार तुम्हें उत्तर देता है।" मेस्टन ने कहा।

"हूँ ! वह ऐसा कभी न करेगा।" लड़ाई के बाद बाकी बचे चार दाँतों के बीच आवाज निकालते हुए बिल्सब्वाय बोला।

"तब अगले चुनाव में उसे मेरा वोट नहीं मिलेगा।" मेस्टन ने कहा।

"और हमारा भी नहीं।" उपस्थित सभी अपंग लड़ाकू चिल्ला उठे।

तब तक मेस्टन ने कहा, "मुझे यह कहने दीजिए कि यदि मुझे यह मौका नहीं मिलता है कि मेरी बची तोपें मैदान में जायें तो तोपक्लब के सदस्यों को मेरा नमस्ते! और अब मैं आरकन्सास में जाकर डूब मरूँगा।"

"उस सूरत में हम लोग भी आपका साथ देंगे।" सभी बोल उठे।

इसी प्रकार की बेकार की बातें हो रही थीं और क्लब टूटने ही जा रहा था कि एक ऐसी घटना घटी कि तोपक्लब के नष्ट होने की संभावना रुक गयी। दूसरे दिन क्लब के सभी सदस्यों को अध्यक्ष की सीलबंद निम्नलिखित गश्ती चिट्ठी मिली—

"बाल्टीमोर, 3 अक्टूबर

तोपक्लब के अध्यक्ष को अपने सभी सदस्यों को बताते हुए खुशी हो रही है कि अगली पाँच तारीख को क्लब की सभा में एक मजेदार खबर सुनाएँगे। अतः सभी सदस्यों से अनुरोध है कि वे बैठक में उपस्थित हों।

बार्बीकेन,

अध्यक्ष, तोपक्लब"

परिच्छेद 2

पाँच अक्टूबर की रात को आठ बजे यूनियन स्कवोयर स्थित तोपक्लब के 22 नंबर के दफ्तर में काफी भीड़ इकट्ठा थी। क्लब के बाल्टीमोर के रहनेवाले सभी सदस्य अध्यक्ष के निमंत्रण पर उपस्थित थे। बाहर के सदस्यों को भी डाक द्वारा हजारों की तादाद में निमंत्रण भेजे गये थे। तोपक्लब का काफी बड़ा नंबर 22 का कमरा सभी के बैठने के लिये पर्याप्त न था। काफी व्यक्ति बगल के कमरों में बैठे। बाहर का बरामदा भी आदमियों से खचाखच भरा था। एक दूसरे को धक्का मार कर प्रत्येक व्यक्ति चाहता था कि वह आगे जाकर पहली कतार में बैठे तथा अध्यक्ष महोदय की घोषणा सुने। एक दूसरे को धक्का मारकर वे लोग मानो स्वतंत्र देश में धक्का मारने की स्वतंत्रता का उपभोग कर रहे थे।

बाल्टीमोर में दो एक दिन के लिये आया हुआ परदेशी धन खर्च करके या किसी की कृपा के बल पर भी उस दिन क्लब के हॉल में न जा सकता था। उस हॉल में केवल सदस्य ही प्रवेश कर सकता था। शहर के बड़े-बड़े व्यापारी, नगरपालिका के सदस्य और अन्य इज्जतदार लोग साधारण व्यक्तियों से मिल-जुलकर इस संबंध में भीतरी समाचार प्राप्त करने की कोशिश कर रहे थे।

क्लब का विशाल कक्ष उस समय देखने लायक था। उसके बड़े खम्भे तोपों के नलों के बने थे। दीवारों पर पुराने एवं नये सभी प्रकार के हथियार टाँगे गये थे। एक फानूस में काँच के टुकड़ों के स्थान पर अनेक तरह के रिवाल्वर लटके थे तथा दूसरे में पिस्तौलों की नलियों में मोमबत्तियाँ सजायी गयी थीं।

विभिन्न प्रकार की तोपों के नमूने सुंदर तरीके से सजाकर रखे गये थे। छोटे एवं बड़े सभी प्रकार के गोले सुंदर तरीके से रखे गये थे। कमरे की सजावट

देखकर यह लग हो रहा था कि क्लब का उद्देश्य आग्नेय अस्त्रों का प्रदर्शन मात्र है, उन्हें चलाकर मनुष्य जाति का विनाश करना नहीं।

हाल में एक तरफ एक ऊँचे तख्त पर अध्यक्ष महोदय चार मंत्रियों से घिरे हुए बैठे थे। 32 इंच व्यासवाली 'मोर्टार' प्रकार की तोप के नमूने पर बनी हुई उसकी कुर्सी एक तोप ढोने की गाड़ी पर थी। वह कुर्सी धुरे पर 90^0 का कोण बनाकर रखी गयी थी, जिसमें बैठनेवाले अध्यक्ष महोदय उसे झूलनेवाली कुर्सी की तरह उपयोग कर सकें। झूलानुमा वह कुर्सी गर्मी के दिनों में काफी आरामदायक थी। मेज करोनेड प्रकार वाली तोप के छः गोलों के ऊपर लोहे की मोटी चद्दर रखकर बनायी गयी थी। उस मेज के ऊपर एक रिवाल्वर के आकार की दावात भी रखी गयी थी। एक अठपहला लोहे का टुकड़ा भी मेज पर इसलिए रखा गया था कि तोपचियों की बहस शांत करने के लिये अध्यक्ष उसे मेज पर पटककर घंटी का काम ले सकें।

मेज के चारों ओर गोलाकार क्रम से बेंचें लगी थीं मानो कोई किला बना हो। क्लब का अध्यक्ष काफी लोकप्रिय था। सभी सदस्य जानते थे कि उसने किसी विशेष उद्देश्य से ही सभा बुलायी होगी।

40 वर्षीय इम्पे बार्बीकेन शांत व गंभीर व्यक्ति था। सदैव अपने विचारों में डूबा रहा करता था। समय की पाबंदी मुस्तैदी से करता था। उच्छृखंल नहीं था, परंतु साहसी जरूर था। बड़े-बड़े खतरे के कामों को वह व्यावहारिक रूप देने की ताकत रखता था। उसके पूर्वज स्टुअर्ट राजाओं की बिरादरी 'राउण्डहेड' के थे, जो न्यू इंग्लैंड में आकर बस गये थे। इमारती लकड़ी के व्यापार में बार्बीकेन ने काफी पैसा कमाया था। युद्ध में तोपखाने का संचालक नियुक्त होने पर उसने विलक्षण बुद्धि का परिचय दिया था। दृढ़निश्चयी एवं परिश्रमी बार्बीकेन का तोप विज्ञान की उन्नति में काफी हिस्सा था और उसने प्रायोगिक खोजों को काफी महत्त्व दिया था।

साधारण ऊँचाई का बार्बीकेन सभी अंगों के होने के कारण तोपक्लब में एक अपवाद था। उसके चेहरे पर दृढ़ता साफ नजर आती थी।

इस समय वह अपनी कुर्सी पर शांति से बैठा सोच रहा था। सिर पर उसने अमेरिकियों की प्रिय ऊँची रेशमी टोपी पहन रखी थी।

आठ का घंटा बजते ही वह कमानी की तरह उछल पड़ा और अपनी जगह पर खड़ा हो गया। उसने गंभीर आवाज में बोलना शुरू किया, "मेरे बहादुर साथियो ! काफी दिनों की शांति ने तोपक्लब के सदस्यों को निष्क्रिय कर दिया है। वर्षों की अथक मेहनत के बाद हम लोग सफलता के रास्ते पर जा रहे थे। उसी समय हमें रोक दिया गया।

"मुझे यह कहने में जरा भी हिचकिचाहट नहीं है कि ऐसे किसी भी युद्ध का हम स्वागत करेंगे जिसमें हम फिर हथियार धारण कर सकें। (सुनो-सुनो की आवाजें) परंतु दोस्तो, वर्तमान परिस्थितियों में लड़ाई होना असंभव है और हम चाहे जितना चाहें, दुबारा अपनी तोपों की गर्जनाएँ वर्षों तक नहीं सुन सकेंगे। इसलिए अब हमें निश्चय करना है कि हम सब लोग किस क्षेत्र में आगे बढ़ें।"

सभा में उपस्थित सदस्यों को लगने लगा कि अध्यक्ष अब अपने विषय पर आ रहे हैं और उनको आगे सुनने के लिये पूरे कक्ष में शांति छा गयी। "मेरे बहादुर साथियों ! पिछले कुछ महीनों से इस विषय पर सोच रहा था कि क्या हम अपनी प्रकृति को किसी एक वस्तु में सीमित न रखकर 19वीं सदी के अनुकूल कोई विशाल प्रयोग का आयोजन नहीं कर सकते ? क्या हमारा तोपविज्ञान उस प्रयोग को सफल नहीं बनायेगा ? मैंने इस विषय पर विचार किया, कार्य किया तथा हिसाब लगाया। अब मैं इस निष्कर्ष पर पहुँचा हूँ कि हम तोप-विज्ञान के विस्तृत ज्ञान के आधार पर एक ऐसा प्रयोग सफलतापूर्वक कर सकते हैं, जिसको दुनिया का कोई भी देश नहीं कर सकता। क्योंकि इस विज्ञान का अनुभव केवल हमारे पास ही है। आज की सभा बुलाने का उद्देश्य यही था कि इस प्रयोग के संबंध में तथ्य मैं आप लोगों के सामने रखूँ। यह महान प्रयोग तोपक्लब के महान सदस्यों के ही करने के योग्य है और मुझे विश्वास है कि इस प्रयोग से पूरी धरती पर खलबली मच जायेगी।"

सभा में एक क्षण के लिये सन्नाटा छा गया।

सिर पर रखी हैट को ठीक प्रकार सिर पर बैठाकर बार्बीकेन बोला, "मेरे बहादुर दोस्तों, आप लोगों में से ऐसा कोई न होगा जिसने चंद्रमा न देखा होगा। आप आश्चर्य करेंगे कि मैं आपको उसी रात की रानी चंद्रमा के संबंध में बताने

जा रहा हूँ। शायद यह हम लोगों के भाग्य में लिखा है कि चंद्रमा की अज्ञात दुनिया को खोजनेवाले कोलंबस हम ही बनें। मेरी योजना सुनिये, समझिए और उसमें सक्रिय सहयोग दीजिए; और मैं आप लोगों का नाम दुनिया में फैला दूँगा।''

''चंद्रमा ज़िंदाबाद!'' तोपक्लब एक आवाज से ग़रज उठा।

''दोस्तों ! चंद्रमा का ध्यानपूर्वक अध्ययन किया गया है, उसका परिमाण, घनत्व तथा भार क्या है, उसकी रचना और गति क्या है, पृथ्वी से उसकी दूरी कितनी है तथा सौरमंडल में उसका स्थान क्या है। जिस प्रकार से हमारे देश का नक्शा बनाया गया है उसी प्रकार यदि उससे अच्छा नहीं तो उतना ही सच्चा उसका भी मान-चित्र बनाया गया है। चंद्रमा के फोटो से हम वहाँ की सुंदरता को देख सकते हैं। संक्षेप में चंद्रमा के बारे में ज्योतिष, गणित, भूगोल एवं प्रकाश-विज्ञान से जो कुछ भी मालूम हो सकता है वह सब हमें ज्ञात है। परंतु अब तक चंद्रमा से कोई सीधा संबंध स्थापित नहीं हुआ है।''

सभा में खलबली सी मच गयी। लोग आश्चर्यपूर्ण सम्मान से अध्यक्ष की ओर देखने लगे।

''और मैं आपको संक्षेप में यह भी बताना चाहता हूँ।'' बार्बीकेन आगे बोला, ''कि किस प्रकार बड़े-बड़े विद्वानों ने चंद्रमा-संबंधी जानकारी प्राप्त की है। सत्रहवीं शताब्दी में डेविड फ्रेबीकस महाशय ने यह घोषणा की थी कि उन्होंने पृथ्वी से ही चंद्रमा में रहनेवाले लोगों को देखा था। सन् 1649 में इस जेनबोडां नामक एक फ्रांसीसी ने 'डोमिंगो गोन्जलेइन की पृथ्वी से चंद्रमा का सफर' नामक पुस्तक प्रकाशित की थी। डोमिंगो गोन्जलेइन एक स्पेनिश था। उन्हीं दिनों कारेनो डी बर्गनेक नामक एक सज्जन ने चंद्रमा की एक यात्रा का वर्णन भी प्रकाशित किया था। उसके कुछ दिनों बाद एक दूसरे फ्रांसीसी फौंटेनलेन ने 'लोकों की अनेकता' नामक पुस्तक प्रकाशित की थी जिसकी उन दिनों काफी चर्चा हुई थी। सन् 1835 ई. में ''न्यूयार्क अमरीकन'' में एक अनूदित वर्णन प्रकाशित हुआ था जिसमें बताया गया था कि किस प्रकार ज्योतिष की कुछ गणनाएँ करने के लिये भेजे गये। सर जॉन हर्शेल ने एक बड़ा टेलिस्कोप से चंद्रमा को 80 गज की दूरी से देखा था। उसने चंद्रमा में दरियाई घोड़ों के

झुंड, रंगीन पानी के सुंदर सोते, हाथीदाँत जैसे सींगवाली भेड़ें, सफेद हिरन और असंख्य पक्षी देखे थे। लोके नामक अमेरिकी द्वारा प्रकाशित इस पुस्तका की काफी बिक्री हुई थी। इस लंबे विवरण को समाप्त करके अंत में मैं आपको यह बताना चाहता हूँ कि राटरडाम के हंस फाल नामक एक सज्जन ने नाइट्रोजन गैस में से हाइड्रोजन से 37 गुनी हल्की एक गैस अलग करके एक गुब्बारा बनाया और उसमें स्वयं बैठकर 19 घंटे में चंद्रमा पर पहुँच गया। यद्यपि ऊपर बतायी गयी सभी यात्राओं की तरह यह यात्रा भी काल्पनिक ही थी। परंतु यह कल्पना एक प्रसिद्ध अमरीकी लेखक की थी और वह लेखक था–एडगर पो।"

"एडगर पो जिंदाबाद!" अध्यक्ष के अंतिम शब्द सुनते ही सभा चिल्ला उठी। बार्बीकेन ने आगे कहा, "मैंने अब तक आपको अभी चंद्रमा के संबंधवाली काल्पनिक बातें बतायी हैं। परंतु अभी तक चंद्रमा के साथ सीधा संबंध स्थापित नहीं हो सका है। यद्यपि मैं यह भी बताना चाहता हूँ कि कुछ व्यावहारिक वैज्ञानिकों ने इस दिशा में प्रयोग भी किये हैं। कुछ वर्ष पूर्व एक जर्मन गणितज्ञ ने साईबेरिया के स्टेपीज क्षेत्र में खोज कार्य के लिये एक वैज्ञानिक दल भेजने का प्रस्ताव रखा था।

"योजना यह थी कि वहाँ के स्टेपी मैदान पर विशालकाय ज्वलन्त ज्यामितीय रेखाचित्र बनाये जायें। इन रेखाचित्रों में कर्ण-वर्ग का चित्र भी हो।"

"उस गणितज्ञ के अनुसार यदि चंद्रमा में मनुष्य हैं तो वे इसी प्रकार की आकृति समझ सकेंगे और उत्तर भी दे सकेंगे। और एक बार इस प्रकार संबंध स्थापित होने के बाद चंद्रमा-निवासियों से बातचीत करना आसान हो जायेगा। परंतु उस जर्मन गणितज्ञ का प्रस्ताव व्यवहार में आज तक न लाया गया। पृथ्वी से चंद्रमा का सीधे संबंध स्थापित करने का श्रेय केवल व्यवहारकुशल अमेरिकियों को ही मिलेगा। वहाँ पहुँचने का तरीका बहुत ही साधारण, सहज, निश्चित एवं अभ्रांत है–और आप लोगों को इसी तरीके को बताना आज की सभा का उद्देश्य है।"

सभा में खलबली मच गयी। ऐसा कोई व्यक्ति न था जो अध्यक्ष के शब्दों को सुनकर प्रभावित न हुआ हो।

'शांति' 'शांति' की आवाजें चारों तरफ से आने लगीं। जैसे ही सभा की उत्तेजना समाप्त हुई, बार्बीकेन ने गंभीर वाणी में अपना प्रवचन आगे जारी किया, "आप लोग जानते हैं कि पिछले कुछ वर्षों से तोप-विज्ञान ने कितनी उन्नति की है। हर प्रकार के हथियार लगातार पूर्णता की ओर अग्रसर होते जा रहे हैं। इसके अलावा आप लोगों को यह भी ज्ञात है कि तोपों की मजबूती एवं बारूद की विस्फोट-शक्ति भी अपरिमित है। अब इस प्रकार मैं पूछता हूँ कि एक विशेष प्रकार की तोप का निर्माण करके क्या चंद्रमा पर गोला फेंकना संभव नहीं है ?"

इस शब्दों को सुनकर उपस्थित हजारों व्यक्तियों के मुखों से आश्चर्यसूचक वाक्य निकल पड़े। एक क्षण के लिये पूरी शांति छा गयी। थोड़ी ही देर में भारी कोलाहल मच गया। उस कोलाहल से कमरा भी काँप उठा। अध्यक्ष ने कुछ बोलने का प्रयत्न किया परंतु उसका कथन कोई सुन न सका। ठीक दस मिनट बाद ही उसकी आवाज सुनी जा सकी।

"अंत में मुझे केवल यही कहना है कि मैंने इस प्रश्न के सभी पहलुओं पर गौर किया है और इस निष्कर्ष पर पहुँचा हूँ कि यदि कोई गोला 12,000 गज प्रति सेकेंड की प्रारंभिक गति से चंद्रमा की तरफ लक्ष्य करके छोड़ा जायेगा तो वह जरूर वहाँ पहुँचेगा।

"दोस्तों ! मेरा प्रस्ताव है कि इस विषय में हम लोग प्रयोग करें।"

परिच्छेद 3

अध्यक्ष के भाषण के अंतिम भाग का जो असर पड़ा उसका वर्णन शब्दों में करना

मुश्किल है। अमेरिकियों की भाषा में जितने प्रकार की आवाजें निकल सकती थीं उतनी उस दिन उस भवन में निकलीं। अवर्णनीय हलचल और शोर का दृश्य था। सदस्य चिल्लाने लगे, तालियाँ पीटने लगे, कुछ तो कमरे की जमीन पर ही नाचने लगे। कमरे में रखे गये सभी आग्नेय अस्त्रों को एक साथ दागने पर जो आवाज होती उससे भी ज्यादा शोर उत्पन्न हो गया। अनेक तोपची अपनी तोपों के समान ही आवाज कर रहे थे।

इस भीषण आवाज के मध्य बार्बीकेन शांत रहा। शायद वह कुछ और भी कहना चाहता था और उसने सदस्यों को शांत रहने का इशारा किया; परंतु उसकी तरफ किसी ने ध्यान नहीं दिया। तुरंत ही उसके दोस्तों ने उसे अपने हाथों पर उठा लिया और बाहर भीड़ में ले गये।

अमेरिकी किसी वस्तु को देखकर आश्चर्य व्यक्त नहीं करते। अक्सर यह भी कहा गया है 'असंभव' शब्द फ्रांसीसी नहीं है। लोग शायद शब्दकोश देखकर धोखा खा गये हैं। अमरीका में सब कुछ संभव है, सभी काम सरल हैं। जहाँ तक यांत्रिक कठिनाइयों का संबंध है उसे वे लोग कठिनाई उत्पन्न होने के पहले ही दूर कर देते हैं। कोई भी अमेरिकी यह नहीं स्वीकार कर सकता कि बार्बीकेन का प्रस्ताव एवं उसके पूर्ण होने के बीच में कोई कठिनाई भी हो सकती है। उन लोगों के लिये किसी बात का प्रस्ताव करना ही होने के बराबर है।

अध्यक्ष का जुलूस रात तक चलता ही रहा। अंत में वह मशाल-जुलूस में बदल गया। आयरिश, जर्मन, फ्रेंच या स्काच जो भी मेरीलैंड के निवासी थे, अपनी-अपनी भाषा में जिंदाबाद के नारे लगाने लगे।

इसी 'क्रांति' के समय जैसे चंद्रमा निकल आया, मानों अपने बारे में होनेवाले इस आंदोलन के बारे में सब-कुछ जानता हो। अमेरिकी उस प्रकाशमान गोले को देखकर अनेक नामों से उसे पुकारने लगे। रात को आठ बजे से लेकर मध्य रात्रि तक जोन्सफोल स्ट्रीट में एक चश्मे के दुकानदार के यहाँ जितनी दूरबीनें थीं, सभी बिक गयीं।

मध्य रात्रि हो गयी लेकिन लोगों के उत्साह ने ठंडे होने का नाम न लिया। वह उत्साह सभी नगरजनों में, वैज्ञानिकों में, दुकानदारों में, व्यापारियों में, मजदूरों में एवं बच्चों में फैल गया। आंदोलन राष्ट्र-व्यापी हो गया। पाटाप्स्को नदी के किनारे के छोटे-छोटे बंदरगाहों तथा वहाँ बँधे जहाजों पर से निकल कर खुशी

अथवा शराब में मस्त भीड़ नगर के सभी वर्गों के साथ मिलकर निकल पड़ी।

प्रत्येक व्यक्ति, चाहे वह 'बार रूम' में सोफा पर बैठकर 'शेरी' उड़ानेवाला हो या सफेद ठर्रा पीनेवाला मामूली जहाजी हो, दूसरे से उसी विषय पर बात कर रहा था या बहस कर रहा था—या तो विरोध कर रहा था या शाबाशी दे रहा था।

अंत में रात के दो बजे यह उत्तेजना कुछ शांत होने लगी और तोपक्लब का अध्यक्ष बार्बीकेन थकान से चूर होकर घर पहुँचा। हरक्यूलीस भी शायद उत्तेजना का उतना बड़ा धक्का बरदाश्त न कर सकता।

भीड़ धीरे-धीरे चौराहों और गलियों से छँटने लगी। बाल्टीमोर से संयुक्त राज्य के चारों कोनों के चार शहर ऑहियो, सस्क्वेहन्ना, फिलाडेल्फिया तथा वाशिंगटन जानेवाली रेलगाड़ियाँ खचाखच भर गयीं। शहर में धीरे-धीरे शांति छा गयी।

मोर्स की तार-व्यवस्था को धन्यवाद है कि दूसरे दिन 500 समाचार-पत्रों ने यह समाचार पूरे विवरण सहित छापा। इन समाचार-पत्रों में दैनिक, साप्ताहिक, मासिक या त्रैमासिक सभी थे। सभी ने पूरे प्रश्न की भौतिक, आर्थिक या नैतिक तथा अंतरिक्ष विद्या-संबंधी सभी प्रकार से छान-बीन की थी। उन पत्रों में चर्चा थी कि क्या चंद्रमा में जीवन खत्म हो चुका है या अभी वहाँ नये परिवर्तन हो रहे हैं ? क्या वहाँ का वायुमंडल पृथ्वी के वायुमंडल के समान है ? पृथ्वी से छिपा हुआ चंद्रमा का भाग कैसा है ? उन पत्रों में यह भी था कि मान लिया गया था कि वर्तमान प्रश्न केवल चंद्रमा तक गोला ही भेजने का है, परंतु भविष्य में यह भी देखना होगा कि इन प्रयोगों को शायद लगातार करना पड़े। सभी को आशा थी कि एक दिन अमरीका जरूर ही चंद्रमा के उस रहस्यमय गोले का भेद जानकर उसे लोगों को बताएगा। कुछ लोगों को यह भी शंका होने लगी कि इस जीत की ईर्ष्या से कहीं पूरा यूरोप अमरीका पर हमला न बोल दे।

परंतु इस चर्चा में किसी पत्र ने एक पंक्ति में भी इस अभियान की सफलता में संदेह जाहिर नहीं किया। वैज्ञानिक, साहित्यिक एवं धार्मिक संस्थाओं द्वारा प्रकाशित होनेवाले सभी पत्रों ने भी इस अभियान से होनेवाले लाभ के संबंध में लिखा। और 'सोसाइटी ऑफ नेचुरल हिस्ट्री ऑफ बोस्टन', 'सोसाइटी ऑफ साइंस एंड आर्ट्स ऑफ आल्बनी', 'दी ज्योग्राफीकल एंड स्टेटिस्टिकल सोसाइटी ऑफ न्यूयार्क', 'फिलासफिकल सोसाइटी ऑफ फिलाडेल्फिया' तथा

'स्मिथसोनियन इंस्टीट्यूट ऑफ वाशिंगटन' ने तोपक्लब को बधाई के संदेश भेजे और अपनी ओर से हर प्रकार की आर्थिक या वैज्ञानिक मदद देने का प्रस्ताव किया।

उसी दिन से इम्पे बार्बीकेन संयुक्त राज्य का महत्त्वपूर्ण नागरिक बन गया। उसको लोग विज्ञान का जार्ज वाशिंगटन कहने लगे।

तोपक्लब की इस महत्वपूर्ण सभा के कुछ दिनों बाद एक अंग्रेज कंपनी के मैनेजर ने बाल्टीमोर के नाट्य-गृह में "बहुत कहा, कुछ नहीं हुआ।" नामक एक नाटक के मंचन की घोषणा की। परंतु लोगों को शक हुआ कि इस नाटक का शीर्षक बार्बीकेन के अभियान को नुकसान पहुँचा सकता है। बस, फिर क्या था। लोग नाट्य-गृह पर टूट पड़े, परदे फाड़ डाले तथा हाल की कुर्सियाँ तोड़ डालीं और उस नाटक के बदनसीब निर्देशक को मजबूर किया कि नाटक का शीर्षक बदले। उस समझदार निर्देशक ने तुरंत ही जनता की राय पर अमल किया और उस नाटक की जगह पर "जैसा आप चाहें" नाटक मंचित कराया, जो लगातार कई सप्ताह तक चला। उसको इससे काफी मुनाफा भी हुआ।

परिच्छेद 4

इतने उत्साह एवं उल्लासपूर्ण वातावरण के बीच भी बार्बीकेन ने एक क्षण बेकार नहीं गँवाया। उसने सबसे पहले यह किया कि तोपक्लब के अपने साथियों की फिर से एक बैठक मंत्रण-कक्ष में बुलायी। कुछ देर बातचीत करने के बाद उस बैठक में यह निश्चय किया गया कि इस आयोजन के ज्योतिष संबंधी भाग के लिये ज्योतिषियों से राय पूछी जाये और उनका उत्तर आने के पश्चात् ही उनकी अन्य यांत्रिक बातों पर आगे विचार-विमर्श किया जाये और इस महान आयोजन की सफलता निश्चित तौर पर प्राप्त करने के लिये किसी भी बात की कमी न रखी जाये।

कुछ विशेष प्रश्नों को तैयार करने के लिए एक चिट्ठी का मसविदा बनाया गया और उसे मैसाचूसेट्स में कैम्ब्रिज की वेधशाला को भेजा गया। इस शहर में संयुक्त राज्य का प्रथम विश्वविद्यालय स्थापित हुआ था। यहाँ प्रसिद्ध ज्योतिर्विद रहते थे। यहाँ की प्रसिद्ध भारी दूरबीन की सहायता से ही बोन ने एनड्रोमिडा नक्षत्रसमूह का पता लगाया था तथा क्लार्क ने सिरियस नामक नक्षत्र की खोज की थी। तोपक्लब द्वारा सुपुर्द किया गया काम इस महान संस्था ने बखूबी पूरा किया।

जिस जवाब की बेसब्री से प्रतीक्षा की जा रही थी उसे दो दिन बाद अध्यक्ष बार्बीकेन के हाथ में रखा गया। वह इस प्रकार था—

"कैम्ब्रिज वेधशाला के संचालक द्वारा, अध्यक्ष, तोपक्लब बाल्टीमोर को प्रेषित।"

कैम्ब्रिज

7 अक्टूबर।

"आप तथा तोपक्लब के सदस्यों द्वारा कैम्ब्रिज की वेधशाला को भेजा गया दिनांक 6 अक्टूबर का पत्र मिला। उस संबंध में हमें निवेदन करना है कि पत्र प्राप्त होते ही हमने अपने विशेषज्ञों की एक बैठक बुलायी और उस पर विचार किया। आपके प्रश्नों का निम्नलिखित उत्तर भेजा जा रहा है–

आपके प्रश्न निम्न हैं–

1. क्या चंद्रमा को तोप का गोला भेजना संभव है ?

2. पृथ्वी से चंद्रमा कितनी दूर है ?

3. यदि आवश्यक गति से गोला पृथ्वी से फेंका जाये तो वह चंद्रमा पर कितनी देर बाद पहुँचेगा ? और उसको कब छोड़ा जाये जिससे वह चंद्रमा में निर्दिष्ट स्थान पर पहुँच सके ?

4. वह कौन-सा समय होगा जब कि चंद्रमा में गोला भेजना सबसे सरल होगा ?

5. चंद्रमा पर गोला फेंकने के लिये तोप का मुँह किस दिशा में रखा जाये ?

6. जिस समय गोला छोड़ा जायेगा उस समय चंद्रमा आकाश पर किस स्थान पर हो ?

प्रश्न एक का उत्तर–हाँ, यदि गोले को 12,000 गज प्रति सेकेंड के हिसाब से छोड़ा जाये। हिसाब लगाने पर 12,000 गज प्रति सेकेंड गति बिल्कुल ठीक साबित हुई है। जैसे-जैसे हम पृथ्वी से दूर होते जाते हैं वैसे-वैसे गुरुत्वाकर्षण की शक्ति कम होती जाती है। उदाहरणार्थ, यदि हम किसी नियत दूरी से तिगुने दूर जायेंगे तो पृथ्वी का आकर्षण बल 9 गुना कम हो जायेगा और उसके कम होने से वस्तु का भार भी कम होता जायेगा। एक ऐसी जगह आयेगी जहाँ शून्य भार होगा जहाँ पृथ्वी एवं चंद्रमा दोनों की परस्पर विरोधी आकर्षण शक्ति एक दूसरे को विफल करती है। दूसरे शब्द में गोले का अपना 47/52वाँ रास्ता पार करने के बाद उसका भार शून्य होगा। उसके आगे चंद्रमा का आकर्षण शुरू हो जायेगा। इस प्रकार यह अभियान सैद्धांतिक रूप से सफल हो सकता है, यदि गोले को छोड़नेवाली मशीन काफी ताकतवर हो।

प्रश्न दो का उत्तर–चंद्रमा पृथ्वी के चारों ओर वृत्ताकार नहीं घूमता, अंडाकार घूमता है। अतएव कुछ समय वह पृथ्वी के बिलकुल नजदीक आ जाता है तथा कुछ समय बहुत दूर चला जाता है। इन दोनों दूरियों में काफी अंतर है

जिस पर ध्यान देना आवश्यक है। वास्तव में पृथ्वी की चंद्रमा से ज्यादा से ज्यादा दूरी 2,47,552 मील है तथा कम से कम 2,18,557 मील है। दोनों दूरियों का अंतर 28,995 मील है, जो कुल दूरी के 1/10 से भी ज्यादा है।

तीसरे प्रश्न का उत्तर—यदि गोला आरंभिक गति आगे तक कायम रहता है अर्थात् 12,000 गज प्रति सेकेण्ड की गति से चलता है और मार्ग में अवरोध नहीं है तो वह चंद्रलोक पर लगभग 9 घंटे में पहुँच जायेगा, परंतु गोले की गति धीरे-धीरे कम होती जायेगी। हिसाब लगाने पर ज्ञात हुआ है कि गोले को उस जगह, जहाँ पृथ्वी एवं चंद्रमा दोनों का परस्पर आकर्षण समान है, पहुँचने में 3,00,000 सेकेंड लगेंगे अर्थात् 83 घंटे 20 मिनट। इस जगह से चंद्रमा तक पहुँचने में 50,000 सेकेंड अर्थात् 13 घंटे, 53 मिनट तथा 20 सेकेंड और लगेंगे। इस प्रकार 12,000 गज प्रति सेकेंड की आरंभिक गति से छोड़ा गया गोला कुल 97 घंटे, 13 मिनट तथा 20 सेकेंड में चंद्रलोक में पहुँच जायेगा।

प्रश्न चार का उत्तर—इस प्रश्न का उत्तर देने के पहले यह ज्ञात करना होगा कि चंद्रमा किस समय पृथ्वी से कम से कम दूरी पर रहता है और कब वह शीर्षबिंदु को पार करेगा जिससे वह दूरी पृथ्वी के अर्धव्यास (Radius) में बराबर दूरी और कम हो जायेगी अर्थात् 3,9,19 मील। दूसरे शब्दों में इस परिस्थिति में गोले को कुल 2,14,376 मील की यात्रा करनी होगी। यद्यपि चंद्रमा अपनी सबसे कम दूरी की स्थिति पर प्रत्येक महीने आता है परंतु शीर्षबिंदु की स्थिति में कई वर्षों बाद आता है। भाग्यवश वह दिन आगामी वर्ष की 4 दिसंबर की मध्य रात्रि को होगा।

पाँचवें प्रश्न का उत्तर—यदि ऊपर की बातें स्वीकार की जायें तो तोप का मुँह उस जगह के शीर्षबिंदु की तरफ रखना चाहिए। अतएव गोले को भूमि से लंबवत् फेंका जायेगा। अब चूँकि चंद्रमा उस जगह के शीर्षबिंदु पर आ जायेगा इसीलिए यह भी आवश्यक है कि उस जगह का झुकाव चंद्रमा के झुकाव से कम हो। अर्थात् वह जगह 0° अक्षांश से 28° अक्षांश उत्तर या दक्षिण के बीच में हो। इसके अतिरिक्त कोई भी जगह चुनी जायेगी तो तोप तिरछी रखनी पड़ेगी, जिससे प्रयोग की सफलता संदेहास्पद हो जायेगी।

छठे प्रश्न का उत्तर—चंद्रमा प्रतिदिन 13°-10'-35" चलता है। 4 दिन बाद गोला पहुँचेगा। अर्थात् तब तक चंद्रमा 52°-42'-20" चलेगा। उसका अर्थ यह

हुआ कि जब तोप छोड़ी जायेगी तब चंद्रमा शीर्षबिंदु से 52°-42'-20" पर होगा। परंतु इसमें पृथ्वी की गति को भी शामिल करना आवश्यक होगा, जो गोले को चंद्रमा तक पहुँचने के समय में अपने अर्धव्यास से 16 गुना चलेगी। यह अंतर 11° के बराबर होता है। इसलिए कुल कोण लगभग 64° होगा, अर्थात् जिस समय गोला छोड़ा जायेगा उस समय तोप से चंद्रमा 64° के कोण पर होगा।

संक्षेप में आपके प्रश्नों का उत्तर निम्न प्रकार है—

प्रथम—तोप को देश के उस भाग से छोड़ना चाहिए जो 28° उत्तर अक्षांश एवं 28° दक्षिण अक्षांश के बीच में हो।

द्वितीय—तोप पृथ्वी से लंबवत् रखनी चाहिए।

तृतीय—गोला छूटने की प्रारंभिक गति 12,000 गज प्रति सेकेंड होनी चाहिए।

चतुर्थ—अगले वर्ष की 1 दिसंबर को 10 बजकर 46 मिनट, 40 सेकेंड पर गोला छोड़ना चाहिए।

पंचम—गोला चंद्रमा पर चार दिन बाद पहुँचेगा अर्थात् 4 दिसंबर को जब चंद्रमा शीर्षबिंदु पर जा रहा होगा।

अतएव तोपक्लब के सदस्यों को चाहिए कि तुरंत अपने इस विशाल आयोजन की तैयारियों में जुट जायें और निश्चित समय के अनुसार कार्य करें, क्योंकि यदि गोला अगले वर्ष की 4 दिसंबर को नहीं छोड़ा जाता तो जिस प्रकार की अनुकूल परिस्थितियाँ इस समय हैं, वैसी अगले 18 वर्ष और 11 दिन तक नहीं आयेंगी। कैम्ब्रिज वेधशाला के कर्मचारियों की ओर से मैं निवेदन करता हूँ कि आपके इस आयोजन में ज्योतिष-गणना-संबंधी जो भी कठिनाइयाँ होंगी उसमें सहायता करने के लिये हम लोग सदैव तैयार रहेंगे। फिर से आपके इस बड़े आयोजन के लिये अन्य अमेरिकी जनता के साथ हमारा भी धन्यवाद।

कृते :—ज्योतिष-गणना के कार्यकर्तागण

जे.एम.बेलफास्ट
संचालक वेधशाला
कैम्ब्रिज''

परिच्छेद 5

यदि किसी को सृष्टि के अनियंत्रित युग को देखने लायक अलौकिक दृष्टि प्राप्त हो जाये, तो ब्रह्माण्ड के अज्ञात केंद्र में बैठकर वह देखेगा कि चारों ओर असंख्य परमाणु ही परमाणु भरे हुए हैं। अरबों-खरबों वर्ष इसी प्रकार चला। फिर कालक्रम से आकर्षण शक्ति के विधान के अनुसार अनियंत्रित परमाणु नियम-बद्ध हो गये। रासायनिक तथा भौतिक आकर्षणों के अनुसार इन परमाणुओं ने अणुओं का रूप लिया। और भी आगे चलकर वे असंख्य नीहारिकाएँ बनीं जिनसे सारा आकाश भरा हुआ है।

धीरे-धीरे ये नीहारिकाएँ अपने केंद्र पर घूमने लगीं। अणुओं का बना हुआ ठोस केंद्र भी अपनी धुरी पर घूमने लगा। फिर गणित शास्त्र के अलंघ्य नियमों के अनुसार केंद्र के अणु निकटतर होते गये, और उसका आकार छोटा होने लगा। घूमने की गति और भी तेज हो गयी। अंत में केंद्र में एक नक्षत्र बन गया और उसके चारों ओर घूमती हुई नीहारिका।

अलौकिक दृष्टि-संपन्न हमारा दर्शक यदि ध्यान से देखता तो उसे यह भी दिखायी पड़ता कि केंद्र की भाँति नीहारिका में भी अनेक स्थानों पर अणु एकत्र होने लगे और वह भी केंद्रीय नक्षत्र की भाँति स्वतंत्र ग्रह बनकर अपनी धुरी पर तथा नक्षत्र के चारों ओर चक्कर लगाने लगे।

अब तक इस प्रकार की प्रायः पाँच हजार नीहारिकाएँ ज्योतिर्विदों द्वारा गिनी जा चुकी हैं। इन पाँच हजार में से एक नीहारिका का नाम है आकाश गंगा। आकाश गंगा में करीब एक करोड़ अस्सी लाख ऐसे तारे गिने गये हैं, जिनकी स्थिति हमारे सूर्य की तरह है तथा जिनके चारों ओर अगणित उपग्रह और ग्रह घूम रहे हैं।

यदि हमारे दर्शक ने आकाश गंगा के एक कोने में पड़े हुए एक क्षुद्र, चतुर्थ श्रेणी के तारे पर ध्यान दिया होता, तो वह कहता—"अरे, यही सूर्य है, जिसपर हमें इतना अभिमान है !" पर सूर्य को देखकर सृष्टि के बहुत से रहस्य उसकी समझ में आ जाते। वह देखता कि सूर्य अभी प्रारंभिक अवस्था में है। वह ठोस नहीं बल्कि गैस का गोला है। उसके अणु अब भी उसकी धुरी पर घूम रहे हैं। उसकी समझ में आ जाता कि जैसे-जैसे सूर्य का आकार छोटा हो जाता है, वैसे-वैसे गणित के नियमों से ऐसा होता है कि केंद्राभिमुख शक्ति बहिर्मुखी शक्ति को पराभूत कर देती है।

एक बात और उसे दिखायी पड़ती। सूर्य की मध्य रेखा के सतह के अणु उसी प्रकार दूर भाग रहे हैं जैसे रस्सी के फंदे में डालकर घुमाया हुआ ढेला भागता है। इस प्रकार सूर्य के चारों ओर उसने उसी प्रकार के छल्ले देखे होते जैसे इस समय शनि ग्रह के चारों ओर हैं। आगे चलकर उन छल्लों का द्रव्य केंद्र के चारों ओर घूमते-घूमते टूटते देखा होता। टूट कर छोटी-छोटी नीहारिकाएँ बन गयी होतीं और अंत में प्रत्येक नीहारिका मूल नीहारिका के पदचिह्नों का अनुसरण करके ग्रह बन जाती। यह बात फिर से दुहराते दिखायी पड़ती और हमारे चंद्रमा जैसे उपग्रह बन गये होते।

इस प्रकार परमाणु से अणु, अणु से नीहारिका, नीहारिका से मुख्य नक्षत्र (सूर्य) और क्रमशः उसके ग्रह और उपग्रह बनते दिखायी पड़ जाते। इस प्रकार सृष्टि के प्रारंभ का पूरा चलचित्र सामने आ जाता।

आकर्षण के नियमों के तहत सूर्य के चारों ओर उसके ग्रह अंडाकार मार्ग पर घूम रहे हैं। कुछ ग्रहों के चारों ओर उपग्रह हैं—वरुण के आठ, शनि के आठ, बृहस्पति के चार, नेप्च्यून के संभवतः तीन और पृथ्वी का केवल एक-चंद्रमा। इस प्रकार ब्रह्माण्ड की सबसे कम महत्त्व की एक नीहारिका के कोने में पड़ा हुआ सबसे कम महत्त्व का सूर्य है, जिसका शायद सबसे कम महत्त्व का ग्रह पृथ्वी है, और उसके चारों ओर चंद्रमा एक क्षुद्र नगण्य उपग्रह के रूप में है और साहसी अमेरिकी इसी को जीतने का इतना महत्त्व दे रहे हैं।

अपनी आपेक्षिक निकटता और निरंतर बदलते हुए रूप (कला) के कारण चंद्रमा सदा से पृथ्वी-निवासियों के लिये एक कौतूहल की चीज रहा है।

सन् 50 में मिलेटस के थेल्स के समय से लेकर पंद्रहवीं सदी के कोपर्निकस

तक और सोलहवीं के टाइको ब्राहे से लेकर आज तक अनेक वैज्ञानिकों ने चंद्रमा के पहाड़ों की ऊँचाई नापने के सही और गलत प्रयोग लगातार किये हैं। अब तो उनकी ऊँचाई प्रायः ठीक-ठीक नाप ली गयी है। घटते-बढ़ते चंद्रमा के प्रकाश का रहस्य गैलीलियो ने बतलाया था और कहा था कि वहाँ के कई पहाड़ 27,000 फुट ऊँचे हैं। उसके बाद डैजिंग के ज्योतिर्विद हेवेलियस ने कहा कि वे 25,000 फुट से अधिक ऊँचे नहीं हैं। रिकोली ने उन्हें 21,000 फुट बतलाया।

अट्ठारहवीं शताब्दी के अंत में हर्शेल ने अपने शक्तिशाली दूरबीन से इन नापों को और भी छोटा किया। उन्होंने सबसे ऊँचे पर्वत को 11,400 फुट बतलाया और कहा कि भिन्न-भिन्न शिखरों की औसत ऊँचाई 2,400 फुट से अधिक नहीं है। परंतु हेली, नैसमिथ, बियानचीनी, ग्रूथूएसन तथा अन्य ज्योतिषियों ने हर्शेल के अंकों पर पुनर्विचार किया। बियर तथा मिडलर अंतिम निर्णय कर पाये। 1905 में उन्होंने भिन्न-भिन्न ऊँचाइयाँ नापीं और कम से कम छः चोटियाँ 15,000 से ऊपर तथा 22,14,400 से ऊपर पायीं। सबसे ऊँचा पर्वत उनकी गणना से 22,606 फुट ऊँचा निकला। उस समय देखा गया कि चंद्रमा की सतह ज्वालामुखी के मुहानों से भरी पड़ी है। प्रकाश-किरणों की आवर्तन-हीनता के कारण निर्णय हुआ कि चंद्रमा पूर्णतया वातावरण शून्य है। वायु नहीं तो पानी हो ही नहीं सकता। स्पष्ट हो गया कि चंद्रमा पर यदि कोई निवासी हैं, तो उनके शरीर की बनावट कुछ और ही होगी, और पृथ्वी के निवासियों से तो बिल्कुल अलग होगी।

विज्ञान के नये आविष्कारों के फलस्वरूप नये-नये यंत्रों की सहायता से चंद्रमा की सतह का एक इंच भी अछूता न रहा।

चंद्रमा का व्यास यद्यपि 2,150 मील है, फिर भी उसकी सतह पृथ्वी का 1/15 ही है, और उसका आकार पृथ्वी का 1/49। फिर भी उसका एक भी रहस्य इन मेहनती ज्योतिर्विदों से छिपा न रहा।

उन्होंने देखा कि पूर्णिमा को चंद्र-बिंब में कुछ सफेद धारियाँ दिखायी पड़ती हैं और अन्य अवसरों पर काली। ध्यान से देखने पर इन धारियों का रहस्य समझ में आ गया। वे लंबी संकरी नालियाँ थीं, जो समानान्तर मेंड़ों के बीच बनी थीं और ज्वालामुखी के मुहानों के निकट तक गयी थीं। उनकी लंबाई 10 से सौ मील तक देखी गयी। ज्योतिर्विदों ने उन्हें दरारें कहा, पर इसके आगे कुछ न जान

पाए। ये सूखी हुई नदियाँ हैं अथवा और कुछ, यह निर्णय न हो पाया। अमेरिकियों का विश्वास है कि वे एक न एक दिन इस रहस्य का पता जरूर लगा लेंगे। उन्होंने म्यूनिख के विद्वान प्रोफेसर ग्रुथ्यूसेन द्वारा ढूँढ़ी हुई इन नालियों के विषय में पता लगाने का दृढ़ संकल्प कर लिया। प्रोफेसर साहब का कहना तो यह था कि ये नालियाँ नहीं, चंद्रलोक के इंजीनियरों द्वारा निर्मित किलेबंदी हैं।

इन बातों का निर्णय चंद्रमा पर गये बिना असंभव है।

चंद्रमा के प्रकाश की घटा-बढ़ी के विषय में हमारा ज्ञान पहले से आगे नहीं बढ़ा। यह ज्ञात है कि चंद्रमा का प्रकाश सूर्य की अपेक्षा तीन लाख गुना कम है और इस प्रकार का थर्मामीटर पर कोई प्रभाव नहीं पड़ता। बंकिम चंद्रमा पर जो खाकी रंग का प्रकाश दिखायी पड़ता है, उसकी बाबत विश्वास किया जाता है

कि वह उस प्रकाश के कारण है जो सूर्य से पृथ्वी पर आकर वहाँ से चंद्रमा तक जाता है।

जिस समय तोप-क्लब ने चंद्रमा के अंतरिक्षीय, चंद्रगर्भीय, राजनीतिक तथा बौद्धिक ज्ञान अर्जन करने का अभियान किया, उस समय इस विषय में हमारा ज्ञान यहीं तक सीमित था।

परिच्छेद 6

बार्बीकेन के प्रस्ताव का तुरंत प्रभाव यह पड़ा और सभी लोग चंद्रमा के ज्योतिषिक ज्ञान के बारे में सोचने लगे। प्रत्येक व्यक्ति लगातार इसी संबंध में अध्ययन करने लगा। ऐसा जान पड़ता था मानों किसी ने चंद्रमा कभी देखा ही न हो। अखबारवालों ने चंद्रमा संबंधी सभी जानकारी फिर से लिखी। सारा अमेरिका चंद्रमा के संबंध में पागल हो उठा।

वैज्ञानिक पत्रों ने तोपक्लब के इस आयोजन के वैज्ञानिक पहलू पर विशेष ध्यान दिया। कैम्ब्रिज की वेधशाला का पत्र उन्होंने ज्यों का त्यों प्रकाशित किया और उस पर अपनी टीकाएँ लिखीं, यद्यपि सभी पत्रों ने वेधशाला की राय से अपनी सहमति प्रकट की।

इस समय तक लोग यह नहीं जानते थे कि पृथ्वी से चंद्रमा की दूरी किस तरह ज्ञात की गयी। वैज्ञानिक पत्रों ने इस मौके का लाभ उठाकर लोगों को समझाया कि यह दूरी चंद्र पैरालैक्स नापकर निकाली गयी। पैरालैक्स शब्द जब साधारण जनता के लिये कठिन सिद्ध हुआ तब बतलाया गया कि पैरालैक्स उस कोण को कहते हैं जो पृथ्वी के अर्द्धव्यास के दोनों सिरे फैलाने से बनी हुई रेखा और चंद्र की रेखा से बनता है।

यदि इस पर किसी ने संदेह दिखाया तो उन्होंने तुरंत सिद्ध किया कि औसत दूरी 2,34,347 मील है और ज्योतिषियों की गिनती में किसी भी प्रकार से 70 मील से ज्यादा का अंतर नहीं आ सकता।

जो लोग चंद्रमा की गति के बारे में कुछ भी न जानते थे उन्हें बताया गया कि चंद्रमा दो प्रकार से घूमता है। एक अपनी धुरी के आस-पास तथा दूसरे पृथ्वी

के चारों ओर। दोनों गतियाँ मिलाकर चंद्रमा कुल 27/1/3 दिन में पूरा एक चक्कर लगा लेता है।

चंद्रमा की घूमने की अपनी गति से वहाँ दिन और रात होते हैं। परंतु वहाँ एक महीने में केवल एक दिन और एक रात होती है और वह भी प्रत्येक 354/1/3 घंटे का। चंद्रमा पर पृथ्वी का जो प्रकाश पड़ता है, वह हमारे चंद्रमा के प्रकाश का 14 गुना है। उसकी रात के बारे में हम कुछ भी नहीं कह सकते क्योंकि वह हिस्सा हमें कभी दिखायी नहीं देता है। यद्यपि यह कहा जा सकता है कि उस समय भी वहाँ टिमटिमाते हुए तारों का मंद प्रकाश होगा।

कुछ बुद्धिमान परंतु जिद्दी व्यक्तियों के दिमाग में पहली बार बताने पर यह नहीं घुसा कि किस प्रकार चंद्रमा का एक ही भाग पृथ्वी की तरफ रहता है, जबकि वह खुद भी अपने चारों ओर घूमता है। उनको उत्तर दिया गया कि आप अपने भोजन कक्ष में जाइये और वहाँ पर बीच में रखी मेज के चारों ओर इस प्रकार घूमिए कि आपकी आँखें मेज की तरफ ही रहें। जब आप एक चक्कर लगायेंगे तो आप स्वयं भी एक चक्कर घूमेंगे; क्योंकि आप कमरे की चारों ओर की वस्तुएँ देख सकेंगे। यदि कमरा आकाश है तो मेज पृथ्वी है और चंद्रमा आप स्वयं हैं। जब उन जिद्दी व्यक्तियों को इस प्रकार समझाया जाता था तब वे कुछ सोचते हुए खुश हो जाते थे।

अब यह तय है कि चंद्रमा का एक ही भाग लगातार पृथ्वी के सामने रहता है, यद्यपि वास्तव में उसके घूमने से कुछ उत्तर-दक्षिण एवं कुछ पूर्व-पश्चिम हिलने के कारण उसका 5/7 भाग पृथ्वी से देखा जा सकता है।

चंद्रमा के बारे में जब लोग इतना जान गये जितना कि कैम्ब्रिज की वेशशाला का संचालक जानता था, तब वे लोग पृथ्वी के चंद्रमा के आस-पास घूमने की गति पर विचार करने लगे। 20 वैज्ञानिक पत्र उनकी मदद में आ गये। उन्हें समझाया गया कि आकाश को असंख्य तारामंडल सहित एक घड़ी का डायल समझ लीजिए। कल्पना कीजिए कि चंद्रमा उसमें घूम रहा है। वह कब वहाँ पर जाता है, उसका समय पृथ्वीनिवासियों को ज्ञात है। उस घूमते चंद्र की विभिन्न प्रकार की कलाएँ दिखायी पड़ती हैं। अर्थात् पूर्णिमा के दिन तो वह सूर्य के ठीक सामने रहता है। उस समय यदि सूर्य, चंद्र और पृथ्वी तीनों को एक कतार में रख दिया जाये तो चंद्र और सूर्य के बीच में पृथ्वी रहेगी और जब

अमावस्या होती है तब सूर्य और पृथ्वी के बीच में चंद्र रहता है।

चंद्र की ऊँचाई के बारे में भी कैम्ब्रिज वेधशाला के पत्र ने स्पष्ट ही लिखा था। सभी जानते हैं कि ऊँचाई प्रत्येक अक्षांश पर अलग-अलग होती है। चंद्रमा शीर्ष बिंदु पर केवल 28° उत्तर एवं 28° दक्षिण अक्षांश के बीच में रहता है। अतः इस जगह से गोले फेंकने पर वह जल्द से जल्द गुरुत्वाकर्षण की शक्ति से बाहर हो जायेगा। चंद्रमा पर गोला फेंकने के लिये इस आवश्यक शर्त ने भी लोगों का काफी ध्यान आकर्षित किया।

चंद्रमा पृथ्वी के आस-पास जिस मार्ग से घूमता है उस संबंध में भी कैम्बिज वेधशाला ने स्पष्ट ही लिखा था कि वह अंडाकार है और चंद्रमा से पृथ्वी का अंतर कभी कम हो जाता है तो कभी ज्यादा।

इस प्रकार सभी अमेरिकियों को चंद्रमा के बारे में काफी ज्ञान हो गया; परंतु फिर भी कुछ लोगों का भ्रम और वहम दूर न किया जा सका।

उदाहरणार्थ, कुछ लोग समझते थे कि चंद्रमा एक बहुत पुराना धूमकेतु है जो सूर्य से लंबी कक्षा बनाता हुआ पृथ्वी के पास गुजरा और वहीं पर अपने आकर्षण का वृत्त बनाकर रह गया।

ये कमरे में बैठे-बैठे ज्योतिष का ज्ञान प्राप्त करनेवाले सज्जन कहते थे कि चंद्रमा सूर्य के ताप से जल गया है। पर जब उन्हें बतलाया गया कि धूमकेतु में वातावरण होता है और चंद्रमा में बिल्कुल नहीं, तब वे चुप हो जाते। कुछ अन्य 'ज्योतिर्विदों' ने चंद्रमा की स्थिति के बारे में शक प्रदर्शित किया।

उन्होंने सुना था कि खलीफा के समय में किसी ने यह लिखा था कि चंद्रमा अपनी गति को धीरे-धीरे बढ़ाता है और यदि गति तेज होती जाती है तो उसका पृथ्वी से अंतर भी कम होता जाता है। एक परिस्थिति यह भी आ सकती है कि यह अंतर बिलकुल शून्य हो जाये अर्थात् चंद्रमा पृथ्वी पर गिर पड़े। इन झूठे ज्योतिषियों को विश्वास दिलाया गया कि यद्यपि लाप्लेस के मतानुसार चंद्रमा की गति बहुत कम मात्रा में तेज होती जाती है, फिर भी उसके पृथ्वी पर गिरने की संभावना अभी करोड़ों वर्षों तक नहीं है।

अब तीसरा वर्ग उन लोगों का बचा जो अंधविश्वासी थे। वे केवल अज्ञानवश ही नहीं समझाए जा सकते थे। एक सज्जन का कथन था कि चंद्र एक भारी दर्पण है जिसमें लोग एक दूसरे की शक्ल देखकर अपने विचारों का

आदान-प्रदान कर सकते हैं। इसी प्रकार कुछ लोगों का विश्वास था कि पिछली एक हजार प्रति-पदाओं में से साढ़े नौ सौ के अवसर पर दंगे, भूकम्प, क्रांतियाँ, जलप्लावन जैसी दुर्घटनाएँ हुई है।

वे मानते थे कि प्रत्येक प्रतिपदा का मनुष्यों के भाग्य पर विशेष असर होता है। ये प्रतिपदाएँ किसी व्यक्ति-विशेष के लिये अच्छा फल देनेवाली भी होती हैं। वे लोग यह भी मानते हैं कि मनुष्यों का पूरा जीवन इन्हीं ग्रहों के नियंत्रण में है इत्यादि-इत्यादि। परंतु यथासमय ज्यादातर लोगों ने अपनी भूल स्वीकार की और प्रश्न को सही तरीके से समझने लगे। जहाँ तक अमेरिकियों का संबंध था, उन्हें तो केवल आकाश में नक्षत्रों पर कब्जा करने का उत्साह था। उनका इरादा था कि वे चंद्रमा का चिह्न भी संयुक्त राज्य के झंडे में अंकित कर दें।

परिच्छेद 7

कैम्ब्रिज वेधशाला ने अपने चिरस्मरणीय पत्र में केवल ज्योतिष-संबंधी बातों का उल्लेख किया था। तोपक्लब के इस महान आयोजन का यांत्रिक पहलू अभी बाकी ही था।

अध्यक्ष बार्बीकेन ने तुरंत अपनी कार्य-समिति के सदस्यों को बुलवाया। इस समिति का काम तोप, गोला एवं बारूद संबंधी निर्णय करना था। समिति तोप विद्या के चार विशेषज्ञों की थी। एक सदस्य बार्बीकेन स्वयं थे बाकी तीन, जनरल मार्गन, मेजर एलफिन्स्टन तथा जे.टी. मेस्टन थे यह तय हुआ कि किसी विषय पर समान मत आने पर अंतिम निर्णय अध्यक्ष के नाते बार्बीकेन का रहेगा। जे.टी. मेस्टन समिति के मंत्री बनाये गये। इस समिति की पहली बैठक 3, रिपब्लिक स्ट्रीट स्थित बार्बीकेन के घर पर 8 अक्टूबर हुई।

सभा को आरंभ करते हुए अध्यक्ष बार्बीकेन ने कहा–"सज्जनों ! तोप शास्त्र के इतिहास में सबसे महत्वपूर्ण निश्चय करने के लिये हम लोग इकट्ठा हुए हैं। यद्यपि हम लोग आज केवल तोप के संबंध में ही निर्णय करते तो ज्यादा तर्कसंगत कहा जाता परंतु इस अभियान में तोप से ज्यादा महत्त्व गोले का है, क्योंकि गोले के आकार पर ही तोप का आकार निर्भर रहेगा। इसलिए आज गोले के प्रश्न पर विचार किया जाये।"

जे.टी. मेस्टन ने बीच में ही कुछ कहना चाहा। अध्यक्ष की आज्ञा मिलते ही उसने कहना शुरू किया–"सज्जनों ! यह अध्यक्ष महोदय ने उचित ही किया है कि गोले के प्रश्न को सबसे पहला स्थान दिया है। जिस गोले को हम छोड़ेंगे वह इस दुनिया का दूत बनकर चंद्रमा पर जायेगा। मैं इसके नैतिक प्रश्न को भी

उठाना चाहता हूँ। जिस गोले का हम निर्माण करेंगे वह मनुष्य-शक्ति का सबसे भव्य निर्माण होगा। अगर परमात्मा ने तारे और ग्रह बनाये तो मनुष्य ने इस गोले का निर्माण करके उसे आकाश में भेजा। परमात्मा ने बिजली, प्रकाश, तारे, धूमकेतु, ग्रह, वायु, आवाज इत्यादि का निर्माण किया परंतु हम मनुष्यों ने परमात्मा के ही निर्माण किये घोड़े या रेलगाड़ी से सौ गुने तेज चलनेवाले इस गोले का निर्माण किया। वह कैसा शानदार समय होगा जब हमारा गोला 7 मील प्रति सेकेंड की गति से छूटेगा। सज्जनों ! क्या उस गोले को चंद्रलोक में पृथ्वी के दूत के रूप में स्वीकार नहीं किया जायेगा ?''

आवेश में आकर वक्ता बिलकुल शांत हो गया और अपने सामने रखी हुई सैंडविच खाने लगा।

''अब हमें काव्यमय कल्पनाएँ छोड़कर अपने विषय पर आना चाहिए।'' बार्बीकेन ने कहा।

''बिलकुल ठीक!'' सभी सदस्यों ने अपने-अपने मुँह में सैंडविच डालते हुए कहा, ''हमारे सामने यह समस्या है कि किस प्रकार गोले को 12,000 गज प्रति सेकेंड की गति से छोड़ा जाये। अभी तक जिन गतियों से गोले छोड़े जा चुके हैं उनके बारे में हम क्या बताएं क्या जनरल मार्गन इस संबंध में कुछ बताएंगे ?'' बार्बीकेन ने कहा।

''जरूर!'' जनरल मार्गन ने जवाब दिया, ''मैं युद्ध के समय प्रयोग समिति का सदस्य था। 100 पौंड की दहेलग्रेन तोप ने अपने गोलों को 500 गज प्रति सेकेंड गति से छोड़कर 5,000 गज दूर तक फेंका था। रोडमेन की जोलम्बियाड तोप ने 14 मन वजन के गोले को 800 गज प्रति सेकेंड की गति से छोड़कर 10 मील दूर तक फेंका था। इन परिणामों तक इंग्लैंड की बनी आर्म स्ट्रोंग एवं पैलिसर तोपें कभी पहुँच नहीं सकतीं।;''

''मेरी राय में इससे तेज गति से गोला अब तक नहीं छोड़ा गया है।'' बार्बीकेन ने पूछा।

''नहीं!'' जनरल ने जवाब दिया। जे.टी. मेस्टन ने गहरी सांस लेते हुए कहा—''आह ! यदि मेरी तोप की नली फट न गयी होती !''

''हाँ ! परंतु वह तो फट गयी थी।'' बार्बीकेन ने कहा, ''तो हम इस परिणाम पर पहुँचे कि अब तक सबसे ज्यादा तेज गति से गोला 800 गज प्रति

सेकेंड की गति से छोड़ा गया है। हमें इस गति को 24 गुना करना है। अब मैं गति तीव्र करने के संबंध में बहस रोक कर आप लोगों का ध्यान फिर से गोले के आकार की ओर खींचना चाहता हूँ। क्योंकि आप लोग जानते हैं कि हमारा काम आधे टन के गोले से नहीं चलेगा।''

''क्यों नहीं ?'' मेजर एलफिन्स्टन ने पूछा।

जे.टी. मेस्टन ने तुरंत जवाब दिया—''इसलिए वह कम से कम इतना बड़ा होना चाहिए कि यदि चंद्रलोक में कोई आबादी है तो उनका ध्यान तुरंत खींच सके।''

''हाँ ! यह भी और इससे भी ज्यादा महत्त्वपूर्ण एक और भी कारण है।'' बार्बीकेन ने कहा।

''क्या मतलब ?'' मेजर ने पूछा।

''मेरा तात्पर्य है कि केवल गोला छोड़ने से ही काम नहीं चलेगा। हमें पृथ्वी से ही यह भी देखना होगा कि गोला निश्चित किए गए स्थान पर पहुँचता है या नहीं।'' बार्बीकेन ने कहा।

''क्या?'' जनरल एवं मेजर दोनों आश्चर्य से चिल्ला उठे।

''जरूर! नहीं तो हमारे इस प्रयोग का कोई परिणाम न होगा।'' बार्बीकेन ने कहा।

''परंतु तब तो हमें इस गोले को बहुत बड़ा बनाना होगा।'' मेजर ने कहा।

''नहीं ! जरा ध्यान से सुनिये। आप लोग जानते ही हैं कि आजकल दूरदर्शी यंत्रों ने काफी उन्नति की है। कुछ दूरबीनों से हम 600 गुना देख सकते हैं अर्थात् चंद्रमा को हम 40 मील दूर से देख सकते हैं। इतनी दूर 60 वर्गफीट क्षेत्रफल वाली कोई भी वस्तु देखी जा सकती है। दूरबीन की शक्ति इससे अधिक बढ़ायी नहीं जा सकी है। कारण यह है कि दूरबीन के ताल के कारण प्रकाश की क्रिरणें तिरछी हो जाती हैं। चंद्रमा तो एक दर्पण-मात्र है और उसका प्रकाश इतना तीव्र नहीं है कि छोटी चीजें देखी जा सकें।

''तो आप क्या करना चाहते हैं ?'' जनरल ने पूछा, ''क्या आप गोले का व्यास 60 फिट रखेंगे ?''

''नहीं।''

''तो क्या आप चंद्रमा की चमक बढ़ाना चाहते हैं ?''

"बिल्कुल ठीक ! जिस वायुमंडल से चंद्रमा का प्रकाश पृथ्वी पर आता है उसका घनत्व यदि हम घटा सकें तो उसका प्रकाश ज्यादा तेज हो जायेगा। ऐसा करने के लिये हम लोग टेलीस्कोप किसी ऊँचे पहाड़ पर स्थापित करेंगे।"

गूढ़ समस्याओं को बिल्कुल सरल करनेवाली बार्बीकेन की बुद्धि की तारीफ करते हुए मेजर ने कहा, "आप इस प्रकार कितना बड़ा देख सकेंगे ?"

"48,000 गुना, जिसका अर्थ यह हुआ कि हम लोग चंद्रमा को 5 मील दूर से देख सकेंगे और उतनी दूर तक देखने के लिये गोले का व्यास 9 फुट से ज्यादा होने की जरूरी नहीं है।"

"मतलब यह कि हमारे गोले का व्यास 9 फुट का होगा।" मेस्टन बोल उठा। "लेकिन मेरा कहना है कि इतने व्यास वाला गोला इतना वजनी..." मेजर एलफिन्स्टन बीच में बोल उठा।

"मेजर साहब !" बार्बीकेन ने कहा, "गोले के वजन की चर्चा करने के पहले मैं आपको अपने पूर्वजों द्वारा इस संबंध में प्राप्त सफलताएँ सुनाना चाहता हूँ। मैं यह नहीं कहना चाहता कि आजकल हम तोप विद्या में किसी भी प्रकार से पीछे हैं। परंतु मध्यकालीन युग में कई आश्चर्यजनक सफलताएँ इस संबंध में प्राप्त हुई हैं। उदाहरण के लिए—मोहम्मद द्वितीय द्वारा 1953 में इस्तंबूल के घेरे के समय 1,900 पौंड के गोलों का प्रयोग हुआ था। 'नाइटों' के समय में माल्टामेसेंट एल्मों के किले में एक तोप थी जो 2,500 पौंड का गोला फेंकती थी। और आजकल भी हमारे समय में आर्म स्ट्रोंग तोपें 500-500 पौंड के गोले फेंकती हैं तथा रोडमेन तोपें आधे टन के। लगता है कि जैसे-जैसे तोपों के 'रेंज' में वृद्धि होती गयी वैसे-वैसे गोलों के वजन में कमी होती गयी। यदि हम उन दिनों के मुकाबले में विज्ञान की प्रगति के बारे में सोचें तो हमारे गोले मोहम्मद द्वितीय या माल्टा के अमीरों के गोलों से वजन में कम से कम दस गुने होने चाहिए।"

"बिल्कुल ठीक!" मेजर ने जवाब दिया, "परंतु आप गोला किस धातु का बनायेंगे ?"

"साधारण ढले लोहे का।" जनरल मार्गन ने कहा।

"परंतु" मेजर बीच में बोल उठा, "चूँकि गोले का वजन भी उसके आकार के साथ बढ़ेगा, इसलिए 9 फुट व्यास के लोहे का ठोस गोला बहुत वजनी

होगा।"

"हाँ, यदि वह ठोस हो। परंतु यदि वह खोखला हो तो ?"

"खोखला ? तब तो वह खोल होगा।"

"हाँ, खोल होना ही चाहिए। 108 इंच व्यास के ठोस लोहे के गोले का वजन लगभग 2 लाख पौंड होगा, जो वास्तव में बहुत ज्यादा होगा। फिर भी हमें गोले को कुछ न कुछ मजबूत तो रखना ही होगा। मेरा प्रस्ताव है कि गोले का वजन 20,000 पौंड रखा जाये" बार्बीकेन ने कहा।

तो गोले की चद्दर की मोटाई क्या होगी ? मेजर ने पूछा, "यदि हम साधारण तौर पर हिसाब लगायें तो 108 इंच व्यास के गोले की चद्दर की मोटाई 2 फुट या उससे कुछ कम होनी चाहिए।" मार्गन ने कहा।

"वह तो बहुत अधिक होगा।" बार्बीकेन ने कहा, "क्योंकि हमारे गोले का प्रयोजन किसी प्लेट को भेदना नहीं है। इसलिए चद्दर की मोटाई उतनी काफी है जिसमें वह बारूद से फैली हुई वायु से चिपक न जाये। अब प्रश्न यह है कि उस ढले लोहे के खोल की कितनी मोटाई होनी चाहिए ताकि उसका भार 20,000 पौंड हो, क्या हमारे गणितज्ञ मंत्री इस प्रश्न का उत्तर दे सकेंगे ?"

"अभी दिया !" समिति के योग्य मंत्री ने जवाब दिया। और वह तुरंत ही एक कागज पर कुछ बीजगणित के सूत्र लिखकर सवाल हल करने लगा। कागज पर $क^1$ तथा $ब^2$ ही दिखायी पड़ते थे। तुरंत ही उसने उत्तर दिया।

"चद्दर की मोटाई 2 इंच से भी कम होनी चाहिए।"

"क्या इतनी मोटाई काफी होगी ?" मेजर ने शक प्रकट किया।

"नहीं।" अध्यक्ष ने उत्तर दिया।

"तो फिर क्या होना चाहिए ?" परेशान-सा होकर मेजर एलफिन्स्टन बोला।

"कोई ऐसी धातु का प्रयोग करना चाहिए जो लोहे से हल्की हो।"

"ताँबा!" मार्गन ने कहा।

"नहीं। वह भी काफी भारी होता है। और भी धातु है जो उससे भी हल्की है।" अध्यक्ष बार्बीकेन ने कहा।

"वह कौन सी ?"

"एल्यूमिनियम !"

"एल्यूमिनियम !" तीनों आश्चर्य से चीख उठे।

"निस्संदेह ! दोस्तों ! यह धातु चाँदी की तरह सफेद है, सोने की तरह मजबूत है, लोहे की तरह दबाव झेल सकती है, ताँबे की तरह नरम है, और शीशे की तरह हल्की है। आसानी से ढाली जा सकती है और सरलता से मिल सकती है। लोहे से तीन गुनी हल्की है। लगता है कि यह धातु केवल इसलिए ही बनी है कि हमारे गोले में उसका उपयोग हो सके।"

"परंतु अध्यक्ष महोदय, यह बहुत मंहगी धातु है।" मेजर ने कहा।

"वह शुरू में बहुत तेज दामों से बिकती थी परंतु आजकल उसका मूल्य 9 डॉलर प्रति पौंड तक गिर गया है।"

"फिर भी 9 डॉलर प्रति पौंड काफी मूल्य है।" मेजर के गले से अब भी बात उतर नहीं रही थी।

"अवश्य प्रिय मेजर, परंतु मूल्य इतना अधिक नहीं है कि हम दे न सकें।" अध्यक्ष बार्बीकेन ने कहा।

"तब गोले का वजन क्या होगा ?" मार्गन ने पूछा।

"मैंने हिसाब लगाया है। 12 इंच की मोटी चद्दर का 108 इंच व्यास के लोहे के गोले का वजन 67.440 पौंड होगा तथा एल्यूमिनियम के गोले का 19,250 पौंड।" बार्बीकेन ने जवाब दिया।

"परंतु उसके लिये पैसे कहाँ से आयेंगे ?" मेजर बोल उठा, "आप जानते हैं कि 9 रुपए प्रति पौंड अल्यूमिनियम की दर से इस गोले की कीमत... ।"

"एक लाख तिहत्तर हजार पचास (1,73,050) डॉलर होगी। यह मैं भी जानता हूँ। परंतु घबराइये नहीं दोस्तों ! हमारे इस आयोजन में धन का अभाव नहीं रहेगा। मैं उसका फिर जवाब दूँगा। अब आप लोगों को एल्यूमिनियम के बारे में और कुछ कहना है ?" बार्बीकेन ने कहा।

"नहीं। मंजूर है!" समिति के तीनों सदस्य बोल उठे।

इस प्रकार तोपक्लब के इस आयोजन की विशेष समिति की पहली बैठक समाप्त हुई और गोले के प्रश्न का हल निकल आया।

परिच्छेद 8

समिति की पिछली बैठक में किये गये निर्णयों ने जनता में काफी खलबली मचा दी थी। डरपोक व्यक्ति तो विचार मात्र से ही घबरा उठे कि 20,000 पौंड भार का गोला आकाश में छोड़ा जायेगा। वे पूछने लगे, ऐसी तोप भी होगी जो इतना बड़ा गोला फेंक सकेगी ? दूसरी बैठक की कार्यवाही ने इस प्रश्न का उत्तर दे दिया। दूसरे दिन शाम को समिति की बैठक शुरू हुई।

"साथियों ! अब हमारे सामने तोप के निर्माण का प्रश्न है।" बार्बीकेन ने बिना किसी भूमिका के ही शुरू किया, "उस तोप की लंबाई कितनी होगी ? किस धातु की बनेगी ? तथा उसका वजन क्या होगा, इन बातों का हमें निर्णय लेना है। संभव है कि हम लोग इस निष्कर्ष पर पहुँचें कि तोप का आकार राक्षसी होगा। परंतु दोस्तों, हमारे मार्ग में चाहे जो कठिनाइयाँ आयें, हमारी यांत्रिक कुशलता इन्हें हल करेगी। मेरी बातें ध्यान से सुनिये और जब मैं अपनी बात खत्म करूँ तब उसके बारे में आप अपनी राय अवश्य दें।

"हमारे सामने प्रश्न है कि किस प्रकार 20,000 पौंड वजनी 108 इंच व्यास वाला गोला 12,000 प्रति गज की प्रारंभिक गति से छोड़ा जाये ? जब गोले को आकाश में छोड़ा जायेगा तब उसका क्या होगा ? आकाश में उसे तीन शक्तियों का सामना करना पड़ेगा–प्रथम हवा का अवरोध, द्वितीय, पृथ्वी की आकर्षण शक्ति और तृतीय, छूटते समय का प्रारंभिक धक्का।

"अब हम इन तीनों शक्तियों के संबंध में विचार करें। हवा के अवरोध का महत्त्व कम है। पृथ्वी का वायुमंडल 40 मील से ज्यादा दूर तक फैला हुआ नहीं है। जिस गति से गोला जायेगा उस गति से पाँच सेकेंड बाद वह वायुमंडल के

इस अवरोध के बाहर हो जायेगा। पाँच सेकेंड के कम समय में हवा का अवरोध इतना कम होगा कि उसके बारे में सोचना महत्त्वपूर्ण न होगा। अब पृथ्वी की आकर्षण-शक्ति के बारे में विचार किया जाये। पृथ्वी की आकर्षण-शक्ति गोले के भार के बराबर होगी और हम जानते हैं कि यह शक्ति अंतर के वर्ग के उल्टे अनुपात से कम होती जायेगी। यदि कोई वस्तु पृथ्वी पर फेंकी जाती है तो वह एक सेकेंड में 5 फुट गिरती है। और यदि वही वस्तु 2,57,542 मील अर्थात् चंद्रमा की दूरी पर फेंकनी हो तो पहले सेकेंड में उसकी गति बहुत ही कम, एक साधारण लकीर की मोटाई से भी आधी होनी चाहिए। मतलब यह कि वह वस्तु करीब-करीब स्थिर होगी।

"हमारा काम यह है कि गुरुत्वाकर्षण की शक्ति को खत्म करें। इस शक्ति को समाप्त करने का तरीका आघात शक्ति है।"

"यही कठिन कार्य है!" मेजर बीच ही में बोल उठा।

"ठीक है!" बार्बीकेन ने कहा, "परंतु हम इस कठिनाई को हल करेंगे। क्योंकि यह आघात शक्ति तोप की लंबाई तथा बारूद की शक्ति पर निर्भर रहेगी। अंतः हमें आज यह निर्णय लेना होगा कि तोप की लंबाई क्या होगी?"

बार्बीकेन ने आगे कहा, "अब तक हमने 25 फुट तक लंबी तोप बनायी हैं। हमें इस आयोजन के लिये जिस तोप का निर्माण करना होगा उसकी लंबाई-चौड़ाई जानकर सारा विश्व आश्चर्य-चकित हो जायेगा। अतः यह निश्चय है कि तोप बहुत लंबे रेंज की होगी क्योंकि तोप की लंबाई ज्यादा होने से बारूद से उत्पन्न शक्ति ज्यादा वेग से गोला फेंकेगी।"

"अभी से हमें किसी भी सीमा को निर्धारित कर देने से कोई फायदा नहीं होगा।"

"बिल्कुल ठीक है।" मेजर ने कहा, "इन विषयों में साधारण नियम क्या है ?"

"साधारण नियमानुसार गोले के व्यास से तोप की लंबाई 20 या 25 गुनी होती है तथा उसका वजन गोले के वजन से 235 या 240 गुना होता है।"

"यह काफी नहीं है!" मेस्टन चिल्ला उठा।

"मैं तुमसे सहमत हूँ। क्योंकि इस नियम से हमारे 9 फुट व्यास के 20,000 पौंड वजन वाले गोले के लिये केवल 225 फुट लंबी एवं 72,00,000 पौंड भारी

तोप होनी चाहिए।'' अध्यक्ष ने कहा।

''यह मजाक होगी। इसको पिस्तौल कहा जाये तो ज्यादा अच्छा होगा।'' मेस्टन ने जवाब दिया।

''मैं भी यही सोचता हूँ।'' बार्बीकेन ने कहा ''और इसी कारण कहता हूँ कि तोप की लंबाई चौगुनी कर दी जाये अर्थात् 900 फुट रखी जाये।''

मेजर एवं जनरल ने कुछ शंकाएँ प्रकट कीं परंतु मंत्री द्वारा समर्थन मिलने से यह प्रस्ताव मंजूर हो गया।

''परंतु उसकी मोटाई क्या होगी ?'' एलफिन्स्टन ने पूछा।

''छः फुट'' बार्बीकेन ने जवाब दिया।

''क्या आप इतनी बड़ी तोप को गाड़ी पर चढ़ायेंगे ?'' मेजर ने पूछा।

''वास्तव में यह बहुत अच्छा होगा।'' मेस्टर ने कहा।

''परंतु अव्यावहारिक है।'' बार्बीकेन ने जवाब दिया, ''मेरा विचार है कि तोप को जमीन में ही रखा जाये।

''लोहे के तोप को ढालकर उसके चारों ओर सीमेंट और पत्थर की दीवार बनायी जाये। जब यह तोप ढल जाये तब उसमें सावधानी से सूराख किया जाये ताकि जिससे उसमें कहीं पर भी हवा जाने का मार्ग न रह जाये। इस तरह बारूद की गैस रत्ती भर भी बरबाद नहीं होगी और बारूद की पूरी विस्फोटक शक्ति गोले को फेंकने में लगेगी।''

''एक साधारण सवाल!'' एलफिन्स्टन ने कहा, ''क्या हमारी तोप की भीतरी सतह धारीदार होगी ?''

''नहीं, बिल्कुल नहीं!'' बार्बीकेन ने उत्तर दिया, ''हमें बहुत ही तेज प्रारंभिक गतिवाली तोप की जरूरत है और आप जानते ही हैं कि चिकनी सतह की अपेक्षा धारीदार सतह में गोला धीरे छूटता है।''

''यह सही है।'' मेजर ने कहा।

बातचीत खत्म होने पर समिति की बैठक कुछ समय चाय एवं सैंडविच खाने के लिये स्थगित रही।

फिर से बातचीत शुरू होने पर बार्बीकेन ने कहा, ''सज्जनों, तोप के निर्माण में जिस धातु का उपयोग करना होगा उसके संबंध में अब हम विचार करें। हमारी तोप मजबूत तथा कठोर होनी चाहिए जो गरमी से न पिघले और

जमीन में स्थिर· तेजाबों का जिसपर प्रभाव न पड़े।''

''इसमें कोई शक नहीं!'' मेजर ने जवाब दिया, ''और चूँकि हमें काफी मात्रा में धातु का प्रयोग करना होगा इसलिए हमारा सौदा घाटे का नहीं रहेगा।''

मार्गन ने प्रस्ताव रखा कि सबसे अच्छा होगा कि मिश्रित धातु जिसमें 100 भाग ताँबा, 12 भाग कलई तथा 6 भाग पीतल होता है, प्रयोग में लायी जाये।

बार्बीकेन ने इस प्रस्ताव का विरोध करते हुए कहा—''मैं जानता हूँ कि इस मिश्रण से बनी तोप ने काफी अच्छा कार्य किया है परंतु हम लोगों के लिये यह बहुत कीमती होगा। मेरी राय में हमें उस धातु का प्रयोग करना चाहिए जो उत्तम भी हो तथा कम दामों में मिल भी सके। जैसे कि ढला लोहा। मेजर ! तुम्हारी क्या राय है ?''

''मैं आपसे सहमत हूँ'' एलफिन्स्टन ने उत्तर दिया।

''वास्तव में ढला लोहा काँसा से कीमत में दसगुना कम होता है और उसको ढालना सरल है। मुझे याद है कि अटलांटिक घेरे के समय कुछ लोहे की तोपों ने बगैर जरा-सा भी खराब हुए 20-20 मिनट के अंदर हजार गोले तक फेंके थे।'' बार्बीकेन ने कहा।

''ढला लोहा भंगुर बहुत होता है।'' मार्गन ने उत्तर दिया।

''यह ठीक है परंतु उसमें बाधा सहन करने की शक्ति भी बहुत है।''

''अब मैं अपने विद्वान् मंत्री महोदय से प्रार्थना करूँगा कि वे हिसाब लगायें कि ढले लोहे की 9 फुट के सूराख वाली तथा 6 फुट मोटाई की 900 फुट लंबी तोप का क्या भार होगा ?''

''एक मिनट!'' मेस्टन ने कहा और तुरंत कागज पर कुछ बीज-गणित के सूत्र लिखने शुरू कर दिये। एक या दो मिनट में उसने परिणाम की घोषणा की।

''तोप का वजन 68,040 टन होगा तथा 2 सेन्ट प्रति पौंड की दर से उसका मूल्य 25,10,701 डॉलर होगा।''

मेस्टन, मेजर और जनरल बार्बीकेन को परेशानी की नजर से देखने लगे।

''साथियों!'' अध्यक्ष ने कहा, ''मैं कल की बात फिर दोहराता हूँ। आप परेशान मत होइये। धन की कमी नहीं होगी।''

इस आश्वासन के बाद अध्यक्ष महोदय ने अगले दिन शाम के लिये बैठक स्थगित कर दी।

परिच्छेद 9

अब केवल बारूद के प्रश्न का हल बाकी था। तोप की लंबाई एवं गोले के वजन के हिसाब से बारूद कितनी मात्रा में होनी चाहिए ?

बताया जाता है कि बारूद का आविष्कार चौदहवीं सदी में शवार्टन् नामक एक साधु ने किया था। इस साधु को अपने इस आविष्कार के बदले में अपनी जान गँवानी पड़ी थी, यद्यपि अब यह सिद्ध हो चुका है कि यह एक दंतकथा है तथा बारूद की खोज किसी एक व्यक्ति ने नहीं की। ग्रीस में एक विशेष प्रकार की बारूद का उपयोग होता था जो गंधक एवं शोरे का मिश्रण था। वर्तमान बारूद इसी का संशोधित रूप है। बहुत कम व्यक्ति बारूद की यांत्रिक शक्ति को जानते हैं। जो प्रश्न समिति के समक्ष है उसके लिये संक्षेप में इतनी जानकारी आवश्यक है।

एक लीटर में लगभग 2 पौंड बारूद आती है। जलने पर वह करीब 400 लीटर गैस उत्पन्न करती है। यदि तापमान 2400° तक बढ़ाया जाये तो यह गैस 4000 लीटर जगह घेरती है। अतः बारूद एवं उससे उत्पन्न वायु का अनुपात 1:4000 है। विचार करने योग्य बात यह है कि 4000 गुना दबने पर वायु कितना दबाव डालती होगी। ये सब बातें तोपक्लब के इस अभियान के लिये बनी विशेष समिति के सभी सदस्यों को पहले से ही मालूम थीं। बैठक में पहला वक्ता मेजर एलफिन्स्टन था। वह युद्ध के समय बारूद के कारखाने का संचालक था।

“साथियों!” उसने शुरू किया, “मैं सबसे पहले आपको वे आँकड़े बताऊँगा जो हमारे हिसाब में आवश्यक हैं। पुराने 24 पौंड के गोले को छोड़ने के लिये 16 पाउन्ड बारूद की आवश्यकता होती थी।”

"क्या आपको यह ठीक तरह से मालूम है कि बारूद की मात्रा 16 पाउन्ड ही थी ?" बार्बीकेन ने कहा।

"हाँ !" मेजर ने उत्तर दिया, "500 पौंड के गोले के लिये आर्म स्ट्रोग तोपों में केवल 75 पौंड बारूद की आवश्यकता पड़ती है तथा रोडमैन-कोलम्बीपाड तोप में आधे टन के गोले को 6 मील तक फेंकने में केवल 160 पौंड बारूद लगी थी। ये आँकड़े बिल्कुल ठीक हैं क्योंकि जब तोप विभाग की बैठक हुई थी तब मैंने स्वयं इस पर प्रश्न किया था।"

"बिल्कुल ठीक!" जनरल ने कहा।

मेजर ने आगे कहा, "अब आँकड़ों से यह सिद्ध होता है कि गोले के वजन बढ़ने के साथ-साथ बारूद की मात्रा का बढ़ना आवश्यक नहीं है। अर्थात् कहा जा सकता है कि 24 पौंड के गोले को फेंकने के लिये 16 पौंड बारूद की आवश्यकता है। दूसरे शब्दों में साधारण तोपों में गोले के वजन का 2/3 वजन बारूद का होना चाहिए। परंतु यह अनुपात गलत है क्योंकि इस अनुपात से जहाँ 333 पौंड बारूद खर्च होनी चाहिए वहाँ केवल 160 पौंड बारूद से काम चल जाता है।"

"आप क्या कहना चाहते हैं ?" अध्यक्ष ने पूछा।

"यदि मेजर के सिद्धांत को अंत तक ले जाया जाये तो हम इस परिणाम पर पहुँचेंगे कि जब गोला काफी भारी हो जायेगा तब बारूद की बिलकुल आवश्यकता नहीं पड़ेगी।" मेस्टन ने कहा।

"मेस्टन को हमेशा गंभीर बातों में भी मजाक करने की आदत है।" मेजर चिल्ला उठा, "लेकिन उसको खुश होने दो। मैं अभी जितनी बारूद का प्रस्ताव करूँगा उतने से उसको संतोष हो जायेगा। मैं केवल पिछले युद्ध के प्रमाणित आँकड़े बता रहा हूँ कि भारी तोपों में गोले के वजन का 1/10 बारूद की आवश्यकता पड़ती है।"

"बिल्कुल ठीक!" मार्गन ने कहा, "परंतु बारूद की मात्रा के निर्धारण में हमें यह भी विचार करना होगा कि हमें कितनी शक्ति से गोला छोड़ना है। मेरी राय में..."

"हमें मोटे दाने की बारूद का प्रयोग करना पड़ेगा।" मेजर ने अपना बयान चालू रखा, "क्योंकि वह छोटे दानों से ज्यादा ज्वलनशील है।"

''इसमें कोई शक नहीं!'' मार्गन ने जवाब दिया, ''परंतु वह बहुत ही विनाशकारी है और उससे तोप का सूराख भी बड़ा हो जाता है।''

''ठीक है। परंतु उससे क्या ? हमें तोप को दुबारा काम में तो लाना है नहीं। न विस्फोट का ही खतरा है। साथ-साथ हमें यह भी देखना है कि पूरी बारूद एक साथ जल उठे, जिससे उससे प्राप्त पूरी यांत्रिक शक्ति मिल सके।''

''हमें जगह-जगह पर सूराख करने होंगे जिससे बारूद सभी जगह से एक साथ जल उठे।'' मेस्टर ने कहा।

''अवश्य!'' एलफिन्स्टन ने कहा, ''परंतु उससे कार्य और कठिन हो जायेगा। मैं फिर से अनुरोध करूँगा कि बड़े दाने की बारूद से ही यह कठिनाई हल होगी। अपनी कोलम्बीपाड तोपों को छोड़ने में रोडमैन ने सुपारी के जितने बड़े-बड़े टुकड़ों वाली बारूद का प्रयोग किया था और उसे इसमें पूरी सफलता मिली थी।''

अब तक इस बहस में बार्बीकेन ने कोई भाग नहीं लिया था। वह स्वयं सुन रहा था जब कि अन्य सभी बोलते रहे।

उसको कुछ विचार सूझा, वह बोला ''दोस्तों, कितनी बारूद की आवश्यकता पड़ेगी ?''

तीनों सदस्य एक दूसरे की शक्ल देखने लगे। अंत में मार्गन ने कहा, ''2 लाख पौंड।''

''पाँच लाख पौंड!'' मेजर ने यह तादाद बढ़ा दी।

''आठ लाख पौंड!'' मेस्टन चिल्ला उठा।

कमरे में क्षण भर के लिये सन्नाटा हो गया जिसको भंग स्वयं अध्यक्ष ने किया।

''सज्जनों!'' उसने शांति से कहा ''मैं सिद्धांत से ही शुरू करता हूँ। तोप की सहन-शक्ति तो असीमित है। मेरे प्रस्ताव से शायद मेस्टन को आश्चर्य हो क्योंकि मैं प्रस्ताव करता हूँ कि उनके प्रस्ताव के दोगुने अर्थात् 16 लाख पौंड बारूद का प्रयोग किया जाये।''

''सोलह लाख पौंड !'' मेस्टन अपनी कुर्सी पर से कूद पड़ा।

''हाँ ! और हमें आधा मील लंबी तोप बनानी होगी। क्योंकि 16 लाख पौंड बारूद लगभग 20,000 घन फुट जगह घेरेगी और आपकी तोप का घनफल

54,000 घन फुट से ज्यादा नहीं है। अर्थात् तोप आधी बारूद से भर जायेगी और उसकी नली उतनी लंबी नहीं रह जायेगी जिससे बारूद से उत्पन्न वायु में गोले को छोड़ने के लिये आवश्यक शक्ति उत्पन्न हो सके।" फिर अध्यक्ष ने आगे कहा "मैं दृढ़ हूँ कि बारूद 16 लाख पौंड ही रखी जाये। 16 लाख पौंड बारूद 6 अरब लीटर गैस उत्पन्न करेगी। 6 अरब लीटर गैस ! समझे ?"

"फिर क्या किया जाये ?" जनरल ने कहा।

"यह बहुत सरल है। हमें बारूद की यांत्रिक शक्ति उतनी ही रखकर उसकी मात्रा को घटाना होगा।"

"परंतु यह कैसे किया जाये ?"

"यह मैं आपको बताने जा रहा हूँ। बारूद की मात्रा को चौगुनी कम करना बहुत ही सरल है। आप उस विचित्र कोषयुक्त पदार्थ सेल्यूलोस को जानते हैं जो वनस्पतियों में पाया जाता है। यह विशेषकर कपास में मिलता है। जब कपास में ठंढे शोरे के तेजाब को मिलाया जाये तो यह पदार्थ काफी विस्फोटक एवं ज्वलनशील बन जाता है। यह खोज सर्वप्रथम सन् 1832 में ब्राकोनाट नामक एक फ्रांसीसी रसायनज्ञ ने की थी। एलेंज नामक दूसरे फ्रांसीसी ने उसके विभिन्न गुणों को खोजा तथा अंत में बाले में रसायनशस्त्र के प्रोफेसर, सोन्बैन ने उसका युद्ध में प्रयोग का प्रस्ताव किया। यह पाउडर (जिसका नाम पायरोक्साइल रखा गया है) बहुत आसानी से रुई को पंद्रह मिनट तक शोरे के तेजाब में डुबोकर बाद में पानी से धोकर तथा सुखाकर बारीक बनाया जाता है।

"इससे सरल और कोई वस्तु नहीं हो सकती।" मार्गन ने कहा।

"इसके अतिरिक्त पायरोक्साइल पर नमी का कोई असर नहीं होता। उसके भरने के कई दिनों के बाद भी तोप छोड़ी जा सकती है। और यह 24° के बजाय 27° तापक्रम पर जलता है तथा इसका ज्वलन भी इतनी जरूरी होता है कि पूरा एक साथ जलाने के लिये केवल पाउडर के ऊपर एक चिनगारी रख देना काफी है।"

"बिल्कुल ठीक!" मेजर ने कहा।

"परंतु यह काफी महँगा है।"

"उससे क्या मतलब ?" मेस्टन ने कहा, "और बारूद की गति से चौगुनी गति पर यह पदार्थ गोला फेंकता है। मैं यह भी बता देना चाहता हूँ कि यदि

इसमें 1/8 भाग शोरा मिला दिया जाये तो इसकी विस्फोटक शक्ति और भी ज्यादा बढ़ जायेगी।"

"क्या यह आवश्यक होगा ?" मेजर ने पूछा।

"मेरी राय में नहीं।" बार्बीकेन ने उत्तर दिया।

"अतः तय यह हुआ कि अब 16 पौंड बारूद की जगह पर 4,00,000 पौंड पायरोक्साईल या जलने वाली रुई प्रयोग में लाई जायेगी जिसे तोप में 180 फुट से ज्यादा गहरी नहीं भरी जायेगी। इस प्रकार 6 अरब लीटर फुट गैस के द्वारा गोला फेंकने के लिये 700 फुट से भी अधिक लंबी तोप की नली बाकी बचेगी।"

इस समय जे.टी. मेस्टन अपने आवेश को रोक न सका। उसने कसकर बार्बीकेन का आलिंगन किया और यदि बार्बीकेन का शरीर बमों से बचने के लिये विशेष रूप से निर्मित न होता तो वह चूर-चूर हो गया होगा।

समिति की तीसरी बैठक अब खत्म हुई। बार्बीकेन तथा उसके साथियों को कोई भी बात असंभव न जान पड़ी। इसके विपरीत उन्होंने गोला, तोप एवं बारूद की अटपटी समस्या को हल किया। उनका नक्शा तैयार हो गया। उसे अब केवल कार्य रूप में ही बाकी रह गया।

"इसमें क्या रखा है। अब तो केवल छोटी-छोटी बातों का विवरण ही बाकी है।" मेस्टन ने कहा।

परिच्छेद 10

अब अमेरिकी जनता तोपक्लब के इस अभियान की छोटी से छोटी बात पर भी दिलचस्पी लेने लगी। जैसे-जैसे प्रतिदिन समिति के निर्णय होते गये वैसे-वैसे अमेरिकी जनता की इस अभियान के प्रति रुचि भी बढ़ती गयी। जब इसकी सभी यांत्रिक बातों का निर्णय हो गया तब केवल धन की ही आवश्यकता ने अमेरिकी जनता में एक बड़ी उत्तेजना पैदा कर दी।

इस अभियान के प्रति जनता की रुचि एकाएक बहुत बढ़ गयी। निम्नलिखित एक घटना उसका कारण हुई–

अभी तक हमने बार्बीकेन के दोस्तों तथा प्रशंसकों को ही देखा है। परंतु एक–और एक ही–व्यक्ति समस्त संयुक्तराज्य में था जिसने तोपक्लब के इस अभियान का जोरदार विरोध किया। उसने क्लब की साधारण-सी बातों की भी कड़ी से कड़ी आलोचना की। और मनुष्य-प्रकृति के अनुसार बार्बीकेन पर अपने साथियों की प्रशंसा से ज्यादा असर इस आलोचना का हुआ। वह जानता था कि मूल कारण केवल उसका व्यक्तिगत विरोध है।

परंतु तोपक्लब के अध्यक्ष का यह दुश्मन कभी दिखायी नहीं पड़ता था। यह सौभाग्य से अच्छा ही था क्योंकि इन दोनों का मिलाप दुखद ही होता।

बार्बीकेन का विरोधी बार्बीकेन की भाँति सच्चा अमेरिकी, साहसी, वीर एवं वैज्ञानिक था। उसका नाम कैप्टन नाइकोल था। वह फिलाडेल्फिया का रहनेवाला था। अधिकतर लोग फेडरल युद्ध के समय तोपों एवं लोहे के बने जहाजों के बीच में हुई महान प्रतियोगिता से परिचित थे। इसका परिणाम यह हुआ कि पूरी जहाजी सैन्य सामग्री में आमूल परिवर्तन हुआ। जितनी ही तोप भारी होती गयी

उतना ही जहाजों के लौह आवरण की मोटाई अधिक होती गयी।

मेरिमैक, मेनिटर, टेनिसी, वैकहौजेन इत्यादि जहाजों में बहुत बड़ी तोपें ही नहीं वरन् वे स्वयं भी उतने मोटे बख्तर से सुरक्षित थे कि किसी बड़ी तोप का मुकाबला कर सकें। वास्तव में इन दोनों व्यक्तियों का इस प्रतियोगिता से स्वयं उतना लाभ नहीं हुआ जितना देश को हुआ।

एक तरफ बार्बीकेन बहुत भारी गोले का निर्माण करता तो दूसरी ओर कैप्टन नाईकोल उतनी ही भारी 'प्लेटें' तैयार करता। एक व्यक्ति दिन-रात बाल्टीमोर में गोले ढालता था तथा दूसरा दिन-रात फिलाडेल्फिया में 'प्लेटें' गढ़ता था। जैसे ही बार्बीकेन नया गोला तैयार करता वैसे ही नाईकोल नयी प्लेट बनाता; और इस प्रकार वे दोनों एक-दूसरे का विरोध करते थे। देश के भाग्य से ये दोनों प्रतिद्वंद्वी एक-दूसरे से 50-60 मील दूर रहते थे तथा परस्पर कभी न मिले। इन दोनों की प्रतियोगिता से जो परिणाम निकले उससे यह बताना कठिन है कि उनमें कौन ज्यादा अच्छी स्थिति में था। परंतु अंतिम स्थिति थी कि जहाजी बख्तर को गोले से मात खा जानी पड़ी थी। परंतु बहुत से योग्य निर्णायक इस विषय में सहमत नहीं थे।

सबसे अंतिम प्रयोग में बार्बीकेन के नुकीले गोले नाइकोल की प्लेटों से उस प्रकार टकराये जैसे किसी बड़े पत्थर से सुई। उस दिन फिलाडेल्फिया के उस लोहा ढालने वाले ने अपने को विजेता घोषित किया। परंतु जब तुरंत ही दूसरे ने उस नोकदार गोले की जगह साधारण 600 पौंड के गोले का प्रयोग किया और वह भी साधारण रफ्तार से तब कैप्टन महोदय को हार माननी पड़ी। वास्तव में ये गोले बड़ी से बड़ी प्लेटों को तोड़ने की ताकत रखते थे।

इस प्रकार स्थिति यह थी कि युद्ध की समाप्ति पर गोला जीता हुआ था। लड़ाई ठीक उसी दिन समाप्त हुई जिस दिन नाईकोल ने लोहा ढाल कर एक नयी प्लेट बनायी थी। वह बहुत ही उत्तम कोटि की थी तथा नाइकोल का दावा था कि दुनिया के सभी गोलों का मुकाबला करने में यह प्लेट समर्थ है। तोपक्लब के अध्यक्ष बार्बीकेन को चुनौती देकर कैप्टन ने प्लेटों को वाशिंगटन के मैदान पर भेजा परंतु बार्बीकेन ने चूँकि शांति की घोषणा कर दी थी इसलिए उसने प्रयोग करने से इनकार कर दिया।

नाइकोल अब उत्तेजित हो गया। उसने कहा कि उसकी प्लेट किसी भी

प्रकार के गोले का (ठोस या खोखला या नोकदार) मुकाबला कर सकती है, परंतु क्लब के अध्यक्ष ने अपनी अंतिम विजय को खतरे में न डालने के ख्याल से इनकार किया।

नाईकोल बार्बीकेन की इस जिद से हैरान हो गया। उसने बार्बीकेन को प्रत्येक लालच देकर उत्तेजित करने का प्रयत्न किया। परंतु बार्बीकेन अपने निर्णय पर दृढ़ था। नाईकोल ने प्रस्ताव किया कि गोला केवल 100 गज दूर से फेंका जाये; परंतु 75 गज पर भी बार्बीकेन तैयार नहीं हुआ।

"तो पचास गज!" अखबारों द्वारा कैप्टन नाईकोल गरजा।

"केवल पच्चीस गज और मैं स्वयं उसके पीछे खड़ा रहूँगा।"

बार्बीकेन ने अखबारों द्वारा ही प्रत्युत्तर भेजा कि यदि कैप्टन स्वयं सामने आ जाये तो भी वह गोला नहीं दागेगा। नाईकोल को इस उत्तर से संतोष नहीं हुआ और उसने अपने प्रतिद्वंद्वी को कायर कहा। उसने कहा कि वह डरता है।

इस बात का बार्बीकेन ने कोई जवाब नहीं दिया। शायद वह तब अपने इस नये अभियान में इतना व्यस्त हो गया था कि उसने सुना भी न हो।

जब बार्बीकेन ने अपने इस प्रसिद्ध अभियान की घोषणा तोपक्लब के सामने की तब कैप्टन के गुस्से का पारा बहुत ऊँचे चढ़ गया। वह बेचारा 900 फुट लंबी तोप से 30,000 पौंड वजन के गोले का मुकाबला करने वाली प्लेटों का निर्माण कैसे करता ? पहले उसको काफी दुःख पहुँचा परंतु धीरे-धीरे वह सँभला। उसने निश्चय किया कि बार्बीकेन के प्रत्येक प्रस्ताव का दलीलों से जोरदार विरोध करे।

उसने तोपक्लब के इस अभियान पर हमला बोल दिया और कई पत्र क्रमशः समाचार-पत्रों में प्रकाशित करवाये। उसने सिद्ध करने का प्रयत्न किया कि बार्बीकेन को तोप विद्या के मूलभूत सिद्धांत तक का भी ज्ञान नहीं है। उसने कहा कि सर्वप्रथम तो 12,000 प्रति गज की गतिवाला गोला छोड़ना असंभव है और यदि छोड़ा भी जायेगा तो इतना भारी गोला पृथ्वी के वायुमण्डल को भेदकर आगे नहीं जा सकता। यदि यह भी माना जाये कि 16 लाख पौंड बारूद से इतनी गैस उत्पन्न हो जायेगी कि गोला इतनी गति से छोड़ा जा सके तो उस समय तापक्रम उतना हो जायेगा कि गोला गरमी से लाल होकर पिघल जायेगा और तोप के मुँह के बाहर भी न निकल पायेगा।

बार्बीकेन ने इन बातों पर ध्यान न दिया। उसने अपना कार्य चालू रखा। नाईकोल ने अब प्रश्न को दूसरे पहलू से उठाया। उसने कहा कि इस अभियान से क्या लाभ होगा, यह तो कोई नहीं जानता। परंतु इस प्रयोग से वे दर्शक जो तोप के पीछे खड़े होकर तमाशा देखेंगे और वे गाँव जो इस भयानक तोप के पीछे स्थित होंगे, बड़े खतरे में पड़ जायेंगे। उसने यह भी कहा कि यदि गोला अपने निशाने पर नहीं पहुँचता है (क्योंकि गोले का निशाने पर पहुँचना नितांत असंभव है) तो वह पृथ्वी पर फिर से गिर पड़ेगा और जहाँ गिरेगा वहाँ काफी नुकसान पहुँचायेगा। इस प्रकार इस आयोजन से काफी खतरा है तथा सरकार को चाहिए कि इस मामले में हस्तक्षेप करें और एक व्यक्ति के आनंद के लिये हजारों की जान खतर में पड़ने से रोके।

कैप्टन नाईकोल की इन सब दलीलों के बावजूद भी किसी का समर्थन प्राप्त न हो सका। किसी ने उसको सुना तक नहीं और वह तोपक्लब के अध्यक्ष बार्बीकेन के समर्थकों में से एक को भी अपनी तरफ न कर सका। बार्बीकेन ने तो उसकी बातों का उत्तर देना तक उचित न समझा।

नाईकोल ने जब देखा कि वह अब बातों से लड़ने में असमर्थ है तब उसने पैसों से लड़ने की ठानी। अतः हमने 'रिचमंड इन्क्वायरर' में निम्न प्रकार क्रमशः बढ़ती हुई शर्तें प्रकाशित कराईं–

(1) यह कि तोपक्लब के पास इस अभियान के लिये आवश्यक धन इकट्ठा नहीं हो सकेगा (1,000 डालर)।

(2) यह कि 900 फुट लंबी तोप का निर्माण नहीं हो सकेगा (2,000 डालर)।

(3) यह कि इस तोप में बारूद भरना असंभव होगा और यदि भरी भी जायेगी तो जैसे ही गोला पायरोक्साईल पर रखा जायेगा वैसे ही विस्फोट होगा (3,000 डालर)।

(4) यह कि पहली बार दागने में तोप फट जायेगी (4,000 डालर)।

(5) यह कि गोला 6 मील से आगे तक नहीं जा सकेगा और कुछ ही सेकेंड में फिर वापस पृथ्वी पर आकर गिरेगा (5,000 डालर)।

कैप्टन ने अपने ज़िद्दी स्वभाव से अपने 15,000 डालर खतरे में डाल दिये। 15,000 डालर साधारण रकम नहीं थी।

19 मई को उस चुनौती का महत्त्व स्वीकार हुए बिना ही उसे एक मुहाबंद लिफाफा मिला। जो निम्न प्रकार था–

बाल्टीमोर।

19 अक्टूबर।

स्वीकार है।

बार्बीकेन।

परिच्छेद 11

अब केवल एक प्रश्न का निर्णय लेना बाकी था। वह था—यह महान प्रयोग किस जगह पर किया जाये ? कैम्ब्रिज की वेधशाला के अभिप्राय के अनुसार तोप को धरातल से लंबवत रखना होगा; और चंद्रमा शीर्षबिंदु पर केवल 0° एवं 28° अक्षांश के बीच की जगहों पर ही रहता है। अतः इस बात का निर्णय करना अत्यावश्यक हो गया कि किस जगह पर यह विशाल तोप ढाली जाये।

20 अक्टूबर को तोपक्लब की साधारण बैठक के समक्ष बार्बीकेन ने संयुक्त राज्य के एक बड़े भारी नक्शे को रखा। "सज्जनो!" भाषण आरंभ करते हुए उसने कहा—"मैं मानता हूँ कि हम सब लोग इस बात पर एकमत हैं कि इस विशाल प्रयोग को हम केवल संयुक्त राज्य की पावन भूमि पर करें। सौभाग्य से संयुक्तराज्य की सीमा 28° अक्षांश उत्तर को पार के भी आगे निकल गयी है।

यदि आप सामने रखे नक्शे पर दृष्टिपात करें तों आप देखेंगे कि हमारे समक्ष टेक्सास एवं फ्लोरिडा के दक्षिण भाग उपस्थित है।"

अब यह भी निर्णय हो गया कि तो कहाँ पर ढाली जाये। परंतु इस निर्णय ने दो राज्यों के बीच तीव्र विरोध उत्पन्न कर दिया।

28 समानांतर रेखा अमेरिका में घुसकर फ्लोरिडा प्रायद्वीप को लगभग दो भागों में बाँट देती है। उसके आगे मेक्सिको की खाड़ी आती है। मेक्सिको की खाड़ी में अलाबामा, मिसीसिपी तथा लुइसाना नदियाँ गिरती हैं। उसके बाद वह रेखा प्रशांत महासागर में प्रवेश करके अदृश्य हो जाती है। अतः केवल फ्लोरिडा एवं टेक्सा इन्हीं दोनों भागों में (जो 28 समानांतर रेखा के दक्षिण में है) तोपक्लब का यह अभियान हो सकता है।

फ्लोरिडा राज्य के इस प्रदेश में कोई महत्त्वपूर्ण शहर नहीं है। केवल

भटकते हुए आदिवासी 'रेड इंडियनों' से बचने के लिये जगह-जगह किले खड़े कर दिये गये हैं। इस प्रदेश में केवल एक शहर था जिसने दावा किया कि चंद्रमा पर का यह अभियान उन्हीं के राज्य में होना चाहिए। वह शहर का टेम्पा।

इसके विपरीत टेक्सास के इस प्रदेश में कई महत्त्वपूर्ण शहर बसे हैं। नोकस प्रदेश के कारपस क्रिस्ती नदी के किनारे के रिओब्रेवो, लारेडा, कोमे लिटीस्, सान इग्नाशियो आदि शहर स्टार नदी के किनारे थे। क्रियोग्रान्डे शहर तथा हिडालगो परगने काएडिनबरा एवं कमशेन परगने के सान्टीरटा, रोल्पान्डा, बाउन्सबिले आदि शहरों ने फ्लोरिडा के दावे का जमकर मुकाबला किया। अतः जैसे ही यह निर्णय हुआ कि यह अभियान फ्लोरिडा या टेक्सास इन्हीं दो राज्यों में से किसी एक में होगा वैसे ही तुरंत दोनों राज्यों ने अपने-अपने प्रतिनिधियों को बाल्टीमोर भेजा। उसी दिन से बाल्टीमोर में तोपक्लब के अध्यक्ष बार्बीकेन तथा अन्य महत्त्वपूर्ण सदस्यों पर दोनों राज्यों के प्रतिनिधियों ने अपना-अपना जोर लगाना शुरू कर दिया। यदि होमर के जन्मस्थान का सात शहर दावा करते हैं तो यहाँ दो समूचे राज्य केवल इस बात पर झगड़ा कर रहे थे कि तोप उन्हीं के राज्य में ढाली जाये।

दोनों राज्यों के प्रतिनिधि बाल्टीमोर शहर में अस्त्र-शस्त्रों से सुसज्जित होकर निकलते थे तथा उन लोगों के एकत्र होने के प्रत्येक मौके पर दुर्घटना की संभावना रहती थी। परंतु सौभाग्य से बार्बीकेन की सतर्कता से इस प्रकार की कोई दुर्घटना नहीं घटी। इन दोनों राज्यों के इस कलह में संयुक्तराज्य के सभी समाचार-पत्रों ने दिलचस्पी ली तथा प्रत्येक समाचार-पत्र किसी एक राज्य की तरफदारी करने लगा। 'न्यूयार्क हेराल्ड' तथा 'दी ट्रिव्यून' ने टेक्सास का पक्ष लिया तथा 'दी टाइम्स' एवं 'अमेरिकन रिव्यू' ने फ्लोरिडा का। तोपक्लब के सभी सदस्य दुविधा में पड़ गये कि वे किस राज्य को प्राथमिकता दें।

टेक्सास ने अपने राज्य के 26 परगनों की सूची प्रकाशित की, तब फ्लोरिडा ने कहा कि उन छब्बीसों परगनों से उसके राज्य के (जो टेक्सास का 2/6 है) 12 परगने कई गुने अधिक समृद्ध है।

टेक्सान ने कहा कि उसके राज्य में 3,30,000 आदिवासी निवास करते हैं तब फ्लोरिडा ने जवाब दिया कि उसकी कई छोटी जगहों में उससे भी ज्यादा घने बसे हुए 56,000 आदिवासी हैं।

'हेराल्ड' समाचार-पत्र द्वारा टेक्सिकनों ने दावा किया कि उनके राज्य में

अमेरिका की सर्वश्रेष्ठ रुई उत्पन्न होती है, यह बात भी निर्णायकों को ध्यान में रखनी चाहिए। साथ-साथ टेक्सास में जहाजी सेना के उपयोग के लिये उत्तम ओक की लकड़ी, सुंदरतम तेल उत्पन्न होता हैं तथा वहाँ लोहे की ऐसी खानें हैं जहाँ कच्चे लोहे में से 50 प्रतिशत पक्का लोहा निकलता है।

इसका उत्तर 'अमेरिकन रिव्यू' ने दिया कि फ्लोरिडा की भूमि यद्यपि टेक्सास की अपेक्षा उतनी उपजाऊ नहीं है परंतु वहाँ पर तोप ढालने की सुविधाएँ बालू एवं वहाँ की विशेष प्रकार की मिट्टी के कारण ज्यादा हैं।

"यह ठीक है!" टेक्सिकन लोग बोले, "परंतु आपको चुनाव हमारे ही राज्य का करना होगा क्योंकि फ्लोरिडा में यातायात बहुत कठिन है जबकि टेक्सास के गेल्वेस्टन की खाड़ी की परिधि 14 लीग लंबी है, और उसमें समस्त पृथ्वी के सभी आदिवासी समा सकते हैं।"

"क्या मजेदार बात है !" फ्लोरिडा के पक्ष के समाचार-पत्रों ने उत्तर दिया, "गेल्वेस्टन की खाड़ी 19वीं समानांतर रेखा के नीचे है। इस प्रकार टेक्सास में भी 28 समानांतर रेखा के उत्तर में थोड़ी दूर पर क्या एस्पीरीटो साण्टोफा खाड़ी नहीं है जहाँ से सभी जहाज सीधे टेम्पा शहर को जाते हैं ?"

"बहुत सुंदर खाड़ी है जो आधी बालू से भरी हुई है। आप लोगों के दिमाग में भी बालू भरी है।" टेक्सासवालों ने जवाब दिया।

इस प्रकार कई दिन तक दोनों राज्यों के समर्थकों के बीच लड़ाई होती रही। एक दिन सुबह फ्लोरिडा के समर्थक 'दी टाईम्स' ने अपने अंक में संकेत किया कि चूँकि तोपक्लब का समस्त आयोजन 'अमेरिकन' है इसलिए उसको संपूर्णतः अमेरिकी भूमि में ही करना चाहिए।

इसका जवाब टेक्सास वालों ने दिया, "अमेरिकन ! क्या हम उतने ही अमेरिकी नहीं है। जितने आप ? क्या टेक्सास और फ्लोरिडा दोनों संघ में सन् 1845 ई. में नहीं शामिल हुए थे ?"

"हाँ, ठीक है ! परंतु हम लोग सन् 1920 से ही अमेरिका में शामिल हैं।" टाइम्स पत्र ने उत्तर दिया।

"हाँ!" ट्रिब्यून ने उत्तर दिया, "लगभग 200 वर्ष स्पेनियार्ड या अंग्रेज रहने के बाद 50 लाख डालर का मूल्य देकर अमेरिका ने खरीद लिया था।"

"वाह वाह ! इससे आप इतने खुश क्यों होते हैं ? क्या 1803 में

नेपोलियन ने लुईसाना प्रदेश को 160 लाख डालर देकर नहीं खरीदा था ?"

"बड़ी लज्जा की बात है।" टेक्सकिन लोग गरज उठे।

एक छोटा-सा तुच्छ राज्य फ्लोरिडा टेक्सास का मुकाबला करने चला है ! याद रहे, टेक्सास ने अपने आपको बेचा नहीं था परंतु अपनी स्वतंत्रता स्वयं अपने बल-बूते पर प्राप्त की थी। और मैक्सीकनों को मार्च 2, 1836 में भगाकर विजयी सेम्युअल हौस्टन द्वारा सैंट जैकिन्टों नदी के किनारे पर सान्टा अन्ना की फौजों को हराकर अपने को गणतंत्र घोषित किया था। उसके बाद यह सुंदर देश स्वयं अपने आप संयुक्तराज्य में शामिल हुआ था।

"हाँ, इसलिए कि मेक्सिकनों से डरता था।" फ्लोरिडा ने जवाब दिया।

"क्या मतलब ? डरता था।" और इसके बाद परिस्थिति काफी गंभीर हो गयी। किसी भी समय बाल्टीमोर की गलियों में दोनों के प्रतिनिधियों के बीच युद्ध हो सकता था। यह आवश्यक हो गया कि उन लोगों पर नजर रखी जाये।

अध्यक्ष बार्बीकेन निश्चय नहीं कर पाया कि उसे क्या करना चाहिए।

रोजाना उसके पास पत्र, टिप्पणियाँ, दस्तावेज आया करते थे। वह परेशान था कि किसका पक्ष ले। जहाँ तक जमीन, यातायात के साधनों की सुविधाओं इत्यादि का प्रश्न था, दोनों देश समान थे। जहाँ तक राजनीतिक संबंध थे, उसे इस मामले में कोई दिलचस्पी नहीं थी।

कुछ समय तक यही परिस्थिति बनी रही। जब असह्य हो गयी तब बार्बीकेन ने इससे छुटकारा पाने का निश्चय किया। उसने तुरंत अपने साथियों की बैठक बुलायी और उसमें निम्न प्रकार का प्रस्ताव रखा–

"साथियो ! जो कुछ भी आजकल फ्लोरिडा एवं टैक्सास के बीच हो रहा है उस पर ध्यान देने की आवश्यकता है। आगे यह भी स्पष्ट है कि जिस राज्य का चुनाव होगा उस राज्य के शहरों के बीच भी इसी प्रकार की प्रतिस्पर्धा होगी। टैक्सास में 11 शहर हैं। जो टेक्सास का चुनाव होने पर परस्पर फिर लड़ पड़ेंगे तथा हमारे और भी विरोधी तैयार हो जायेंगे। फ्लोरिडा में केवल एक शहर है। अतः मेरी राय है कि तोप फ्लोरिडा में ढाली जाये।" इस प्रकार बार्बीकेन ने इस झगड़े को समाप्त किया।

इस निर्णय का समाचार जब टेक्सिकन प्रतिनिधियों को ज्ञात हुआ तब वे बहुत निराश हो गये। निराशा से उत्तेजित होकर उन लोगों ने तोपक्लब के सदस्यों को धमकीपूर्ण पत्र लिखे। बाल्टीमोर न्यायाधिकारी केवल एक ही निर्णय ले सकते थे। जो उन्होंने लिया भी। उन्होंने एक स्पेशल ट्रेन में जबरदस्ती इन टेक्सीकनों को घुसेड़ दिया और तेज रफ्तार से जानेवाली मेल ट्रेन में बैठा कर उन्हें बाल्टीमोर से बाहर भगाया गया।

ट्रेन में लदते समय उन्हें अपने प्रतिद्वंद्वियों के प्रति एक अंतिम व्यंग्य करने का समय मिल ही गया।

उन्होंने कहा कि फ्लोरिडा दो समुदों के बीच भूखंड है। गोले के छूटते समय का धक्का बरदाश्त न कर सकेगा। तोप दगने के पहले ही धक्के में उड़ जायेगा।

"कोई हर्ज नहीं। हमें उड़ जाने दो।" प्राचीन स्पार्टा के बहादुरों की तरह फ्लोरिडा वालों ने जवाब दिया।

परिच्छेद 12

अब तोपक्लब की ज्योतिष, यंत्र तथा भूमि-संबंधी समस्याएँ हल हो गयीं। अब प्रश्न था धन का। इस अभियान में आवश्यक धन लगाने की सामर्थ्य किसी एक व्यक्ति या राज्य में नहीं हो सकती थी।

अध्यक्ष बार्बीकेन ने इस अमेरिकी मामले को अंतर्राष्ट्रीय रूप दिया और सभी देशों से सहायता की अपील की। उसने कहा कि पृथ्वी के समस्त व्यक्तियों को अपने उपग्रह के मामले में रुचि रखनी चाहिए। चंदे का खाता बाल्टीमोर में खुला और सारी पृथ्वी पर फैल गया।

इस अभियान में पैसे लगाने से किसी को आर्थिक लाभ नहीं हो सकता था। फिर भी चंदे में आशा से भी अधिक धन मिला। बार्बीकेन के वक्तव्य का असर केवल संयुक्तराज्य पर ही नहीं हुआ परंतु एटलांटिक एवं पेसिफिक महासागरों के उस पार भी एशिया, योरोप, अफ्रीका एवं ओशेनिया प्रदेशों में भी हुआ।

संयुक्तराज्य की वेधशाला ने विदेशों की सभी वेशशालाओं से संपर्क स्थापित किया। उनमें कुछ जैसे पेरिस, पीटर्सबर्ग, बर्लिन, स्टाकहोम, हेम्बर्ग, माल्टा, लिस्बन, बनारस, मद्रास आदि की वेधशालाओं ने शुभ कामनाएँ भेजीं। बाकी परिणाम की प्रतीक्षा करने लगीं। ग्रीनविच की वेधशाला ने अपनी और ग्रेटब्रिटेन की 22 शाखाओं के समर्थन सहित साफ-साफ लिख भेजा कि अभियान सफल नहीं हो सकता। उन्होंने कैप्टन नाईकोल के विचारों का समर्थन किया। परंतु यह विरोध केवल अंग्रेजों की ईर्ष्या ही थी।

8 अक्टूबर को बार्बीकेन ने प्रभावशाली भाषा में घोषणापत्र प्रकाशित

कराया जिसमें दुनिया के सभी व्यक्तियों को तोपक्लब की सहायता करने की अपील की। इस घोषणापत्र का सभी भाषाओं में अनुवाद प्रकाशित कराया गया और उसे अत्यधिक सफलता मिली।

संयुक्तराज्य के सभी प्रमुख शहरों में चंदा जमा होने लगा तथा चंदा जमा होने का प्रधान केंद्र 9 बाल्टीमोर स्ट्रीट स्थित बाल्टीमोर बैंक में रखा गया। इसके अतिरिक्त निम्नलिखित देशों में उनके सामने लिखे गये स्थानों में चंदा जमा किया गया था—

वियेना—एस.एम.जी. रोथूचाईल्ड
पीटर्सबर्ग—स्टीजलिट्स् ऐंड कंपनी
पेरिस—दी क्रेडिट मोबाईलर
स्टाकहोम—टाटी ऐंड आरफ्युरेड्सन
लंदन—एम.एम. राथ्सचाईल्ड एंड संस
ट्यूरिन—आरड्यूइन ऐंड कंपनी
बर्लिन—मेन्डेलसोहन
जिनेवा—लोम्बार्ड आडिपर ऐन्ड कंपनी
कान्स्टेण्टिनोपुल—दी आटोमन बैंक
ब्रुसेल्स—जे. लेम्बर्ट
मेड्रिड—डेनियाल ह्विवेलर
आर्मस्टर्डम—नेदरलेण्ड्स क्रेडिट कम्पनी
रोम—टारलोनिया ऐंड कंपनी
लिस्बन—लैकेसन
कॉपनहैगन—प्राइवेट बैंक
रिओजानेरो—प्राइवेट बैंक
माण्टेविडिया—प्राइवेट बैंक
वाल्पेराईसो, व लिमा—थामस ला चैम्बर ऐंड कम्पनी
मैक्सिको—मार्टिन डरन एंड कंपनी

घोषणा-पत्र प्रकाशित होने के तीन दिन के भीतर अध्यक्ष बार्बीकेन को संयुक्तराज्य के विभिन्न भागों से कुल मिलाकर 40 लाख डालर मिले। इतने धन से तो क्लब अपना कार्य तुरंत ही आरंभ कर सकता था। परंतु कुछ दिनों में

विदेशी बैंकों से भी सूचनाएँ मिलीं कि वहाँ पर भी काफी मात्रा में धन एकत्रित हो रहा है। कई देशों ने तो प्रचुर मात्रा में धन दिया तथा कुछ ने थोड़ा। जब चंदा लेना बंद कर दिया गया तब तोपक्लब के बैंक के खाते में विभिन्न देशों के निम्न प्रकार रुपया जमा थे–

रूस ने जिस प्रकार से उसका साम्राज्य फैला हुआ है उस प्रकार भारी मात्रा में चंदा भी दिया। उसने 3,68,733 रूबल चंदा दिया। किसी को इससे आश्चर्य नहीं होना चाहिए, क्योंकि रूसी लोग ज्योतिष विद्या में काफी रस लेते हैं; और उसको महत्त्व भी काफी देते हैं। इस कारण से वहाँ काफी वेधशालाएँ भी हैं।

फ्रांस में पहले तो अमेरिकनों और अमेरिकन महत्त्वाकांक्षाओं की खिल्ली उड़ायी गयी, चंद्रमा को लक्ष्य करके अनेक चित्रकाव्य तथा अनेक कविताएँ लिखी गयीं। इनमें भद्दी अभिरुचि तथा अज्ञान का खासा प्रदर्शन था।

अंत में उन्होंने अपनी हँसी का मूल्य 12,53,930 फ्रांक अदा किया। इतना मूल्य देने पर उन्हें हँसने का हक अवश्य था। आस्ट्रिया उन दिनों आर्थिक परेशानी में था तब भी उसने उदारता से 2,16,000 फ्लोरिन चंदा दिया। स्वीडन और नार्वे ने 52,000 रीश डालर अपने चंदे के भेजे। यह रकम निस्संदेह काफी बढ़ जाती यदि स्टाकहोम के साथ ही क्रिश्चियाना में भी चंदा वसूल किया गया होता। चाहे जो भी कारण हो, नार्वे निवासियों को स्वीडन पैसे भेजना पसंद नहीं है। प्रशिया ने 2,50,000 थेलर भेजकर इस अभियान से अपनी सहमति प्रकट की। तुर्की ने भी उदारता प्रदर्शित की। उसका एक व्यक्तिगत कारण भी था। चाँद वास्तव में उनके वर्ष का निर्माण करता है और उनके रमजान के रोजे के दिनों का भी। उसने उदारता से 13,75,640 पियेस्ट्रेस दिये। कहा जाता है कि यह चंदा सरकारी दबाव से वसूल किया गया था।

दूसरे दरजे के राज्यों में बेल्जियम ने 5,13,000 फ्रैंक भेजकर अपने को विशिष्ट घोषित किया। यह रकम उस देश के प्रति व्यक्ति दो सैंट की दर से थी।

हालैंड तथा उसके संस्थानों ने 1,10,000 फ्लोरिन देने का वायदा किया परंतु तुरंत धन पाँच प्रतिशत कमीशन काट कर ही दिया।

डेनमार्क यद्यपि विस्तार में बहुत ही छोटा देश है फिर भी उसने अपने वैज्ञानिक प्रयोगों के प्रेम के कारण 9,000 ड्यूकेट दिये।

जर्मन कानफेडरेशन ने 34,285 फ्लोरिन दिये। उनसे उससे ज्यादा माँगना

भी बेकार था क्योंकि वे और नहीं दे सकते थे। उस समय आर्थिक संकट में होते हुए भी इटली के लोगों ने 2,00,000 लिटर दिये। यदि उन लोगों के पास वेनेशिया होता तो उन्होंने ज्यादा धन दिया होता।

चर्च के राज्यों ने विचार किया कि उन्हें 7,040 रोम व काउन्टस से कम धन नहीं भेजना चाहिए और पुर्तगाल ने अपने विज्ञान प्रेम के कारण 30,000 क्रुइनेड भेजे। यह रकम कम तो अवश्य ही थी, परंतु अपने पैरों पर खड़े साम्राज्यों के पास धन की कमी सदा ही रहती थी।

स्वीट्‌जरलैंड ने इस विशाल अमेरिकी अभियान के लिये 257 फ्रांक भेजे। यह कबूल करना होगा कि वहाँ इस अभियान की व्यावहारिक परिस्थिति का ज्ञान नहीं था। उन्हें यह विश्वास ही नहीं हुआ कि चंद्रलोक में गोला भेजने से वहाँ से संबंध स्थापित किया जा सकता है और उन्होंने ऐसे खतरनाक अभियान में पैसा लगाना बुद्धिमानी का काम न समझा। शायद वे लोग सही हों।

स्पेन 110 रियल से ज़्यादा नहीं भेज सका। उसने बहाना किया कि उसे अपनी रेलवे की योजना पूरी करनी है। सच्ची बात तो यह है कि वह देश विज्ञान का उचित आदर नहीं करता। वह अब भी पिछड़ा हुआ राज्य है और इसके अतिरिक्त कुछ स्पेनियायी काफी पढ़े-लिखे भी चंद्रलोक के इस विशाल अभियान की महत्ता नहीं जान पाये। उनको यह भी डर हुआ कि इससे कहीं दुनिया में सब गड़बड़ न हो जाये। तब तो उनके लिये यह अच्छा था कि निष्क्रिय बैठे रहें और ऐसा उन्होंने कुछ ही रियल भेजकर किया भी।

अब इंग्लैंड बाकी रह गया; और हम जानते हैं कि उसने किस प्रकार बार्बीकेन के प्रस्ताव का तिरस्कार किया था। ग्रेटब्रिटेन के रहनेवाले 2 करोड़ 26 लाख अंग्रेजों की एक ही आत्मा है। उन्होंने कहा कि तोपक्लब का यह अभियान दूसरे देशों के मामले में दखल न देने के सिद्धांतों के प्रतिकूल है और उन्होंने एक फूटी कौड़ी भी नहीं दी।

इतने धन की सूचना आने पर तोपक्लब अपने कार्य में फिर व्यस्त हो गया। जब दक्षिण अमेरिका के पेरू, चिली, ब्राजिल, तथा लाप्लास एवं कोलम्बिया के राज्यों ने 3,00,000 डालर का अपना चंदा भेजा तब उनके पास काफी धन इकट्ठा हो गया। पूरा विवरण निम्न प्रकार है—

संयुक्तराज्य का चंदा 40,00,000 डालर

विदेशों से प्राप्त चंदा 14,46,675 डालर

योग 54,46,675 डालर।

इतना धन जनता ने तोपक्लब के खजाने में इस आयोजन के लिये जमा किया।

कोई इतना बड़ा धन देखकर चौंके नहीं। ढालने के कार्य में, तोप में सूराख करने के कार्य में, वहाँ इमारत तैयार करने में, कारीगरों के आवागमन में, उनके रहन-सहन में, भट्ठियाँ बनवाने में तथा कारखाना खोलने में, प्लान्ट लगाने में, बारूद में, गोले में तथा फुटकर कार्य में लगभग सभी धन व्यय हो जायेगा। फेडरल युद्ध के समय एक विशेष प्रकार का गोला छोड़ने की लागत 1,000 डालर आती थी। अध्यक्ष बार्बीकेन के चंद्रलोक भेजे जानेवाले इस गोले का मूल्य उससे 5 हजार गुना अधिक होगा।

20 अक्टूबर को न्यूयार्क के पास स्थित गोल्डस्प्रिंग के कारखाने से एक इकरारनामा भरा गया। इस कारखाने ने युद्ध के दिनों में जनरल पैरट को उच्च कोटि की टले हुए लोहे की तोपें दी थीं।

इकरारनामे की शर्त के अनुसार कारखाने वालों को दक्षिण फ्लोरिडा के टेम्पा शहर में तोप ढालने के लिये आवश्यक यातायात का प्रबंध करना था। उन्हें अगली 15 अक्टूबर को संपूर्ण कार्य समाप्त करके तोप को ठीक हालात में तोपक्लब को देना था, नहीं तो शर्त के अनुसार उन्हें उस दिन से जब तक कि चंद्रमा फिर से उन्हीं परिस्थितियों में न आ जाये तब एक अर्थात् 18 वर्ष और 11 दिन तक प्रतिदिन 100 डालर की दर से जुर्माना देना होगा।

कारीगरों की व्यवस्था करना, उन्हें वेतन देना तथा अन्य आवश्यक छोटी बातें कारखाने के जिम्मे थीं।

दो प्रतियों में बने इस एकरारनामे पर तोपक्लब की ओर से उसके अध्यक्ष बार्बीकेन ने तथा गोल्डस्पिंग कारखाने की ओर से उसके संचालक टी. मर्विसन ने हस्ताक्षर किये।

परिच्छेद 13

जब तोपक्लब ने टेक्सासवालों के विरुद्ध अपना निर्णय दे दिया तब अमेरिका में प्रत्येक व्यक्ति फ्लोरिडा के भूगोल का अध्ययन करने लग गया। बट्रॅम की 'फ्लोरिडा में यात्रा', रोमनेक 'पूर्व एवं पश्चिम फ्लोरिडा का इतिहास' या विलियम की 'फ्लोरिडा के भूमि' तथा 'फ्लोरिडा में गन्ने की खेती' इत्यादि फ्लोरिडा संबंधी पुस्तकों की बिक्री इतनी अधिक बढ़ गयी कि उनकी पुरानी सभी कापियाँ बिक गयीं तथा नये संस्करण छापने पड़े।

परंतु बार्बीकेन को यह सब पढ़ने की फुरसत नहीं थी। उसे तो अपने कार्य में जुट जाना था। उसने सभी वस्तुएँ स्वयं देखनी चाहीं। तोप किस जगह ढाली जाये, इसका निर्णय वह खुद करना चाहता था। अतः उसने एक क्षण का भी विलंब न किया। दूरबीन बनाने के लिये आवश्यकता धन केम्ब्रिज की वेधशाला को दे दिया तथा आलबनी ब्रेडविल एंड कंपनी से संपर्क स्थापित करके एल्युमिनियम का आवश्यक नाप का गोला बनाने का आर्डर दे दिया। इन कामों से निवृत्त होकर उसने जे.टी. मेस्टन, मेजर एलफिन्स्टन तथा गोल्डस्प्रिंग कारखाने के मैनेजर को साथ लेकर बाल्टीमोर से प्रस्थान किया।

दूसरे दिन चारों मुसाफिर न्यूआरलियन्स पहुँचे। वहाँ उनके लिये सरकार द्वारा भेजा हुआ 'टैम्पिको' जहाज प्रतीक्षा कर रहा था। जहाज तुरंत ही चल दिया और लुईसियाना नदी का किनारा धीरे-धीरे अदृश्य हो गया। सफर लंबा नहीं था। दो दिन में 'टैम्पिको' ने 480 मील पार किये और फ्लोरिडा के किनारे पर पहुँचा। किनारे के नजदीक आते-आते बार्बीकेन ने देखा कि वह प्रदेश ऊसर तथा समतल था। झींगा मछली तथा सीपों से भरी हुई छोटी-छोटी खाड़ियों के

किनारे-किनारे चलता हुआ टैम्पिको जहाज एस्पिरिटा सान्तो खाड़ी में पहुँचा और 22 अक्टूबर को सात बजे संध्या के समय हिल्सबोरो नदी के मुहाने द्वारा बने हुए एक प्राकृतिक बंदरगाह में लंगर डालकर ठहर गया।

हमारे चारों यात्री तुरंत जहाज से उतरे। ''सज्जनो, हमारे पास बहुत ही कम समय है। कल हमें घोड़े लेकर इस पूरे प्रदेश का निरीक्षण करना होगा।'' बार्बीकेन ने उतरने ही कहा।

बार्बीकेन ने फ्लोरिडा की भूमि पर पैर रखा ही था कि तीन हजार टेम्पा निवासियों ने उसका हार्दिक स्वागत किया। उन्होंने इस अभियान के लिये फ्लोरिडा की भूमि के चुनाव के लिये धन्यवाद प्रदर्शित किया।

परंतु बार्बीकेन ने किसी भी प्रकार के स्वागत स्वीकार करने से इनकार किया और स्वयं दिन-भर फैकलीन होटल के कमरे में घुसा रहा। दूसरे दिन सुबह कमरे की खिड़की से उन्होंने देखा कि नीचे स्पेनिश जाति के सुंदर एवं चाल में तेज परंतु छोटे घोड़े हिनहिना रहे थे। परंतु उनकी संख्या 4 नहीं थी। वे पूरे पचास थे मय सवारों के। बार्बीकेन अपने तीनों साथियों सहित नीचे उतर आया और उन्हें इतनी घुड़सवार फौज को देखकर आश्चर्य हुआ। उन्होंने यह भी देखा कि प्रत्येक के कंधे पर पेटी है तथा कमर में पिस्तौल बंधी है।

आश्चर्य प्रकट करते हुए एक फ्लोरिडन युवक से उसने इस संबंध में पूछा। युवक ने शांति से उत्तर दिया–

''श्रीमान जी, वहाँ सेमीनोल लोग रहते हैं।''

''सेमीनोल क्या है ?''

''वे प्रेरी के मैदानों में घूमने वाले जंगली आदिवासी लोग हैं। हम लोगों ने यही उचित समझा कि आपके साथ-साथ चलें।''

''हूँ।'' चिल्लाकर मेस्टन अपने घोड़े पर चढ़ा।

''हम ठीक कहते हैं।'' फ्लोरिडन युवक ने कहा।

''सज्जनो!'' बार्बीकेन ने कहा, ''आप लोगों की सहायता के लिये धन्यवाद। परंतु अब हमें चलना चाहिए।'' उस समय सुबह के पाँच बजे थे, जब बार्बीकेन तथा उसके साथी टेम्पा शहर से एलिफिया फ्रिक की दिशा में किनारे-किनारे आगे बढ़े। एलिफिया फ्रिक एक छोटी नदी टेम्पा शहर से 12 मील दूर है तथा हिलसबरो की खाड़ी में गिरती है। जल्द ही वे लोग खाड़ी तक पहुँच गये।

फ्लोरिडा की खोज सन् 1512 में ग्वानपोन्स डी लियो ने की थी। उसका पुराना नाम पास्चा फ्लोरिडा था। 'फ्लोरिडा' शब्द का अर्थ है, 'पुण्यमयी भूमि।' सच तो यह है कि सूखे तटोंवाले इस देश का नाम नितांत अनुपयुक्त जान पड़ता है। परंतु कुछ मील दूर जाने के बाद जमीन बदल जाती है और नाम के अनुकूल बन जाती है। जहाँ-तहाँ पाइन, एपल, पाम, तंबाकू, धान, कपास, तथा गन्ने के खेत दिखायी पड़ते हैं।

ऊँचाई की तरफ जाते हुए ढाल को देखकर बार्बीकेन खुश हुआ और जे. टी. मेस्टन के एक प्रश्न के उत्तर में बोला, "मेरे दोस्त, हमारी बृहत् तोप को इन ऊँचे पहाड़ों पर रखना ही सर्वोत्तम होगा।"

"जिससे चंद्रमा नजदीक रहे। क्यों ?" तोपक्लब के मंत्री मेस्टन ने पूछा।

"नहीं-नहीं" मुस्कुराकर बार्बीकेन ने जवाब दिया, "क्या तुम नहीं देखते हो कि इन ऊँची पहाड़ियों पर हमारा काम सरल हो जायेगा। खोदते समय पानी के स्रोतों का झगड़ा नहीं होगा। इस प्रकार पंप द्वारा पानी निकालने के प्रबंध से छुटकारा मिलेगा। हम लोग अंधेरे और गहरे कुएँ के स्थान में प्रकाश में काम करेंगे। और प्रारंभिक खुदाई समुद्री सतह से कई सौ गज ऊपर करेंगे।"

"आप ठीक कहते है।" इंजीनियर मर्चीसन ने कहा, "और मेरी राय में हमें अपने कार्य के लिये उपयुक्त स्थान शीघ्र ही मिल जायेगा।"

"मैं चाहता हूँ कि फावड़े के पहले प्रहार के समय मैं मौजूद होऊँ।" बार्बीकेन ने कहा, "और मैं चाहता हूँ कि अंतिम प्रहार के समय भी मौजूद होऊँ।" मेस्टन ने कहा।

दिन के लगभग 10 बजे तक यह काफिला 10-12 मील चला होगा। उपजाऊ खेतों के बाद घने जंगल शुरू हुए। इस दुर्भेद्य जंगल में अनार, संतरे, नींबू, अंजीर, जैतून, अखरोट, आड़ू, केला, अंगूर आदि के सुंदर खुशबूदार एवं रंग-बिरंगे फलों के पेड़ थे। इन खुशबूदार पेड़ों के नीचे सुंदर पंखवाले छोटे पक्षी निवास करते थे।

जे.टी. मेस्टन एवं मेजर ऐसे रमणीय स्थान की प्रशंसा किये बगैर रह न सके। परंतु अध्यक्ष बार्बीकेन को आगे बढ़ने की जल्दी थी। प्रकृति के इस आनंददायक दृश्य का कोई लाभ वे न उठा सके। वे आगे बढ़े। मार्ग में उन्हें कई नदियाँ पार करनी पड़ीं। इन नदियों को पार करते समय काफी खतरे का सामना

करना पड़ा। क्योंकि उनमें पंद्रह से अठारह फुट तक लंबे घड़ियाल थे। मेस्टन ने अपनी बंदूक से उनका शिकार करना चाहा परंतु उससे केवल कुछ पेलिकन एवं टील पक्षी डर गये और फ्लैमिंगो पक्षी उन्हें मूर्खों की तरह ताकते रहे। इसके बाद फिर छोटे-छोटे पेड़ों का मैदान आया जहाँ हिरनों के झुंड इधर-उधर टहलते नजर आ रहे थे। बार्बीकेन अपनी रिकाबों पर खड़े होते हुए बोला, ''आखिर हम चीड़ के प्रदेश में पहुँच गये।''

''हाँ ! और जंगलियों के प्रदेश में भी।'' मेजर ने कहा।

वास्तव में कुछ सेमिनाल लोग दूर क्षितिज में दिखाई पड़े। वे अपने भालों को इधर-उधर घुमाते थे। या अपनी मामूली देशी पिस्तौल से फायर करते रहे। परंतु बार्बीकेन एवं उसके साथियों पर इसका कोई असर न पड़ा।

वे लोग अब उस चट्टानवाले मैदान के केंद्र पर पहुँच गये। यह जगह जमीन से काफी ऊँची थी तथा तोपक्लब के इस अभियान के लिये आवश्यक तोप खड़ी करने के लिये बिल्कुल योग्य थी।

''हाल्ट।'' बार्बीकेन ने आवाज दी। ''इस जगह का नाम क्या है ?'' उसने पूछा।

''इसे स्टोनहिल कहते हैं।'' एक फ्लोरिडन ने उत्तर दिया।

बार्बीकेन एक भी शब्द का उच्चारण किये बगैर ही घोड़े पर से उतर पड़ा। उसने अपने झोले से यंत्र निकाले। वह उस जगह की स्थिति निकालने लगा।

उसके साथी पीछे खड़े रहकर कार्यवाही देखने लगे। उस समय सूर्य मध्याह्न पर था। बार्बीकेन ने कुछ ही देर में अपने परिणाम लिखे और कहा, ''यह जगह समुद्र की सतह से 1,800 फुट ऊँची है तथा 27° 7' उत्तर अक्षांश 5° 7' पश्चिम रेखांश पर है। मुझे विश्वास है कि यह पथरीली तथा ऊसर जगह हमारे प्रयोग के लिये सर्वोत्तम है। उस मैदान पर हमारी मेगजीन, कारखाने, भट्ठियाँ तथा कारीगरों की झोपड़ियाँ बनेंगी और इस जगह'' बार्बीकेन ने स्टोनहील की चोटी पर अपना पैर रखते हुए कहा, ''से हमारा गोला छूटेगा जो चंद्रमा पर जायेगा।''

परिच्छेद 14

उसी रात को बार्बीकेन अपने साथियों सहित टेम्पा शहर वापस आ गया तथा मर्चीसन इंजीनियर 'टैम्पिको' जहाज पर फिर से सवार होकर न्यूआर्लियन्स लौट गया। वापस जाने में उसका उद्देश्य इस महान तोप के निर्माण के लिये हजारों कारीगर लाना तथा भारी मात्रा में सामग्री लाना था। बार्बीकेन तोपक्लब के अन्य सदस्यों सहित वहीं उपस्थित रहा तथा वहाँ के निवासियों की सहायता से उन लोगों ने इस कार्य की प्रारम्भिक तैयारियाँ शुरू कर दीं।

आठ ही दिन बाद इस्पिरिह की खाड़ी में टैम्पिको जहाज कई स्टीम बोट सहित आ पहुँचा। मर्चीसन के साथ 1,500 कारीगर आये थे। ऊँची तन्ख्वाह एवं काफी सुविधाओं को देखकर अपने कामों में कुशल ढालनेवाले, खोदनेवाले, ईंट बनाने वाले, कोयला भरने वाले तथा अन्य सभी प्रकार के कारीगर भर्ती हुए। कारीगरों की इस भर्ती में केवल योग्यता का मापदंड रखा गया तथा गोरे और काले सभी को लिया गया था। कई कारीगर तो अपने परिवार सहित आये थे।

31 अक्टूबर को सुबह दस बजे इन कारीगरों का काफिला टेम्पा शहर में दाखिल हुआ। उस छोटे से शहर की आबादी एक दिन में दुगुनी हो गयी। जो हलचल उस समय वहाँ उत्पन्न हो गयी उसका वर्णन शब्दों में नहीं किया जा सकता। प्रारंभ में कुछ दिन तक वे लोग जहाजों से आये हुए सामान, यंत्र तथा खाद्य-सामग्री उतारने में व्यस्त रहे। इसी बीच बार्बीकेन ने टेम्पा शहर और स्टोनहिल के बीच पंद्रह मील लंबी रेलवे के पहले स्लीपर रखे।

पहली नवंबर को बार्बीकेन ने कुछ कारीगरों को लेकर टेम्पा शहर से प्रस्थान किया और दूसरे ही दिन स्टोनहिल पर झोपड़ियों का एक छोटा-सा शहर

बस गसा। उसको उन्होंने चारों ओर तारों से घेर लिया और थोड़े से समय में वह भी संयुक्तराज्य के बड़े शहरों में से एक बनाया। प्रत्येक कार्य नियमानुसार अनुशासित रूप से होता था। जगह-जगह पर जमीन में गढ़ा बनाकर उचित स्तर की जाँच की गयी तथा अंत में खुदाई के लिये 4 नवंबर तय हुई। उस दिन बार्बीकेन ने अपने मिस्त्रियों को बुलाया और कहा, "मेरे दोस्तो ! आप लोग यह भली प्रकार जानते हैं कि हम लोग क्यों फ्लोरिडा के इस जंगली प्रदेश में आये हैं। यहाँ पर एक ऐसी तोप का निर्माण करना है जिसका भीतर व्यास 9 फुट, मोटाई 6 फुट तथा चारों ओर पत्थर का घेरा साढ़े उन्नीस फुट हो। इस प्रकार हमें 900 फुट गहरा तथा 60 फुट व्यास का कुआँ खोदना है। यह महान कार्य हमें आठ महीने में समाप्त करना है। अर्थात 225 दिनों में 25,43,400 घन फुट मिट्टी खोदनी है। दूसरे शब्दों में प्रतिदिन लगभग 2,000 घन फुट मिट्टी खोदना है। यदि 2,000 कारीगरों को खुली जगह में इतनी जमीन खोदनी होती तो यह कार्य कोई कठिन न था; परंतु एक सीमित दायरे में इतना कार्य करना अवश्य कठिन है। किंतु यह काम हमें करना है और मुझे आप लोगों की कार्य-कुशलता पर पूरा भरोसा है।" सुबह आठ बजे फ्लोरिडा की भूमि पर कुदाल का पहला आघात चला और उस क्षण से निरंतर जारी रहा। केवल तीन-तीन घंटे पर कुदाल चलाने वाले बदलते रहे।

चार नवंबर को 50 मजदूरों ने स्टोनहिल की चोटी पर खुदाई शुरू कर दी। यह खुदाई 60 फुट के व्यास वाले वृत्त में थी। पहले 6 इंच मोटी एक विशेष प्रकार की काली मिट्टी की परत निकली। इसको खोदने में कोई कठिनाई नहीं हुई। उसके बाद 2 फुट तक बालू निकली जिसे तोप की ढलाई के काम में लाने के लिये बड़े यत्न से रख लिया गया। बालू के बाद चार फुट तक ग्रेट ब्रिटेन की खड़िया की तरह सफेद मिट्टी निकली। यहाँ तक कार्य बड़ी सरलता से हुआ परंतु अब सख्त चट्टानों की तह आयी जिसमें कुदाल मुश्किल में धँस पाती थी। अब तक साढ़े छः फुट खुदाई हो चुकी थी तथा अब ईंटें चुनने का कार्य भी शुरू कर दिया गया। खुदाई के गड्ढे में उन्होंने ओक की लकड़ी की एक पहियानुमा नेवार बनायी और पेंचों से कसकर उसे खूब मजबूत बना दिया। इसका भीतरी व्यास तोप के बाहरी व्यास के ठीक बराबर था। इसी नेवार पर पत्थर की ईंटों का पहला रद्दा सीमेंट जोड़ा गया। जैसे-जैसे चुनाई आगे बढ़ती गयी, काम करने वाले

इक्कासी फुट व्यास के कुएँ के अंदर आ गये।

इतना होने के बाद मजदूरों ने अपने फावड़े सँभाले और नेवार के नीचे से पत्थर खोद-खोदकर अलग करने लगे। नीचे उतरती हुई कोठी को सीधी रखने के उद्देश्य से सँभाले रखा। जैसे-जैसे कोठी दो-दो फुट गलती गयी, नीचे से पत्थर हटाये जाते रहे। इस प्रकार नेवार के ऊपर चुनी हुई कोठी धीरे-धीरे नीचे उतरती गयी। मजदूर लगातार काम करते थे और कोठी की दीवार में स्थान-स्थान पर तोप ढालते समय उत्पन्न होने वाली गैस निकलने के लिये छेद छोड़ते गये। इस प्रकार के कार्य में विशेष कुशल कारीगरों की आवश्यकता पड़ती है जो बहुत सी छोटी-छोटी बातों पर ध्यान देकर अच्छा काम कर सके। कई व्यक्ति पहियों के नीचे खोदते समय चट्टानों के छोटे-छोटे टुकड़ों के कारण घायल हुए, परंतु उनके उत्साह में कोई कमी न होने पायी। दिन में सूर्य की कड़ी धूप में तथा रात में बिजली के प्रकाश में वे निरंतर काम करते रहे। कुदालों की चट्टानों से टकराने की ध्वनि, सुरंगे फटने की आवाज तथा मशीनों की गड़गड़ाहट और धुएँ से स्टोनहिल के चारों ओर जंगली जानवरों तथा वहाँ के रहने वाले लड़ाकू आदिवासियों में ऐसा आतंक छा गया कि वे वहाँ नजदीक आने की हिम्मत न करते थे।

पहले महीने में नियत कार्य समाप्त हुआ अर्थात 112 फुट गहरा कुआँ बन गया। दूसरे महीने दुगुना तथा जनवरी में तिगुना काम समाप्त हो गया।

फरवरी में खोदते-खोदते कुएँ में पानी का एक सोता निकल आया। पानी उलीचने के विशालकाय पंपों का प्रयोग करके पानी निकाल दिया गया तथा सोते का सूराख बंद कर दिया गया। इस आकस्मिक दुर्घटना से काफी मजदूरों की जान चली गयी उसके आगे काम में कोई विशेष दिक्कत नहीं हुई तथा 10 जून को अर्थात बार्बीकेन द्वारा नियत दिन के 20 दिन पहले कार्य समाप्त हो गया। अब तोपक्लब के प्रयत्न से पृथ्वी के प्रतिनिधि रूप में चंद्रलोक में गोला फेंकने के इस अभियान के लिये 900 फुट गहरा कुआँ तैयार हो गया। कुएँ के तले पर कोठी तीस फुट मोटी पत्थर की शिला पर खड़ी थी। कुएँ का मुँह वहाँ की भूमि की सतह पर था।

अध्यक्ष बार्बीकेन तथा तोपक्लब के अन्य सदस्यों ने मर्चीसन इंजीनियर का हार्दिक अभिनंदन किया, जिसने एक महान कार्य को बहुत तेजी से समाप्त किया था।

इन आठ महीनों में बार्बीकेन एक क्षण के लिये भी स्टोनहिल से हटा नहीं। खुदाई के कार्य की निगरानी करते समय वह प्रत्येक मजदूर के स्वास्थ्य एवं कल्याण के संबंध में जागरुक रहा। उसके प्रयास से गरम आबोहवा में होने वाले सभी रोगों से स्टोनहिल की यह आबादी बची रही।

यह सच है कि इस कठिन कार्य में कुछ बलिदान हुए परंतु वे रोके नहीं जा सकते थे। ऐसे महान कार्य में होने वाले इन बलिदानों को अमेरिकी लोग कार्य का एक आवश्यक अंग समझते थे।

परिच्छेद 15

जिन दिनों तोप ढालने के लिये कुएँ का निर्माण हो रहा था इन्हीं दिनों में साथ-साथ ढलाई की तैयारियाँ भी हो रही थीं। अगर कोई अजनबी उन दिनों में स्टोनहिल आता तो वहाँ की तैयारियों का दृश्य देखकर आश्चर्य में पड जाता।

600 गज दूर कुएँ को केंद्र बनाकर चारों ओर ढलाई के लिये वृत्ताकार 1,200 भट्ठियाँ बनायी गयी थीं। प्रत्येक भट्टी का व्यास 6 फुट रखा गया था। एक दूसरे से तीन फुट की दूरी बनायी गयी थी। इन 1200 भट्ठियों की परिधि 2 मील लंबी थी। प्रत्येक भट्टी में एक ही शक्ल की लंबी चौकोर चिमनी लगी हुई थी। भट्ठियों का यह दृश्य बहुत ही सुंदर था।

स्मरणीय है कि तोपक्लब की तृतीय बैठक में यह तय हुआ था कि इस विशाल तोप के निर्माण में ढले लोहे का प्रयोग किया जाये और यह लोहा सफेद प्रकार का हो। वास्तव में यह धातु बहुत ही मजबूत, टिकाऊ तथा पिघलने पर मुलायम होने के कारण ढालने में बहुत ही उत्तम रहती है। जब इस धातु में कोयले का मिश्रण किया जाता है तब वह तोप, स्टीम ब्वायलर हाइड्रोलिक प्रेस आदि कार्यों के लिये अति उत्तम एवं मजबूत चीजें बनाने योग्य बन जाती है।

लोहे को यदि एक ही बार गलाया जाये तो ठीक प्रकार नहीं गलता और एकरस नहीं हो पाता इसलिए उसको दो बार गलाना पड़ता है जिससे उसमें की सभी अशुद्धियाँ दूर हो जाती हैं। और इसलिए जिस लोहे को टेम्पा शहर में भेजा गया था वह लोहा गोल्डस्प्रिंग के कारखाने में पहले एक बार पिघलाया जा चुका था। गलाते समय उसमें कोयला एवं सिलिकन मिलाकर उसे उत्तम प्रकार से

ढालकर भेजा गया था। उन्हें 13,60,00,000 पौंड लोहा भेजना था। इतना लोहा रेल द्वारा भेजने से रेल का महसूल लोहे की कीमत से दुगुना होता, अतः लोहे की मोटी-मोटी छड़ें बनाकर जहाज द्वारा न्यूयार्क से रवाना की गयीं। एक-एक हजार टन लोहा लादे हुए 68 जहाज न्यूयार्क से 3 मई को रवाना हुए तथा उसी महीने की 10 तारीख को स्पिराट सांटो की खाड़ी में आकर रुके। टेम्पा बंदरगाह में उस पर लदा लोहा उतारा गया तथा रेल द्वारा स्टोनहिल पहुँचाया गया। जनवरी के मध्य में सारा लोहा अपने नियत स्थान पर पहुँच गया।

साठ हजार टन लोहे को एक साथ गलाने के लिये 1,200 भट्ठियाँ ज्यादा नहीं थीं। प्रत्येक भट्ठी में लगभग 1,40,000 पौंड लोहा रखा गया। रोडमेन तोप को ढालने में जिस प्रकार की भट्ठी बनती थी वैसी ही भट्ठियाँ स्टोनहिल पर बनायी गयी थी।

यह भट्ठियाँ विशेष प्रकार की आग से न पिघलनेवाली ईंटों की बनायी गयी थीं। उनके नीचे लोहे की छड़ें रख दी गयी थीं। तली से 25° का कोण बनाकर नाली बनायी गयी थी जिसके द्वारा ढला हुआ लोहा कुएँ में जा सकता था।

जिस दिन चुनाई का कार्य समाप्त हुआ उसी दिन बार्बीकेन ने बीच के साँचे पर अपना ध्यान आकर्षित किया। अब उनका उद्देश्य 900° फुट लंबी तथा 9 फुट व्यास की जगह भरना था। यह जगह मिट्टी एवं बालू में घास-फूस मिलाकर भरी गयी। अब बीच की 6 फुट चौड़ी जगह में ढली धातु, डाली जायेगी। बीच के सिलेंडर की रक्षा के लिये, उसे लोहे की मोटी पत्तियों से बाँध दिया गया। बीच-बीच में पत्थरों को रोकने के लिये लोहे के चकोटे इस प्रकार गला दिये गये, कि ढालते समय तोप की भीतरी दीवार में कोई गड्ढा न बने।

यह कार्य 8 जुलाई को समाप्त हुआ और निश्चय किया गया कि दूसरे दिन धातु गड्ढे में डाली जाये। "यह ढालने की क्रिया एक बहुत बड़ा समारोह होगा!" मेस्टन ने अपने मित्र बार्बीकेन से कहा।

"अवश्य परंतु सार्वजनिक नहीं!" बार्बीकेन ने उत्तर दिया।

"क्या बाहर से देखने के लिये आनेवालों के लिये चारदीवारी के फाटक बंद करा दिये जायेंगे ?" मेस्टन ने पूछा।

"मेस्टन साहब, इस कार्य में सावधानी बरतने की आवश्यकता है। इस तोप

की ढलाई का कार्य खतरनाक नहीं, तो कठिन अवश्य है और मेरी राय में इस कार्य के होते समय बाहर के किसी भी व्यक्ति को भीतर न आने दिया जाये।"

बार्बीकेन का अनुमान सही था। इस क्रिया में काफी खतरा था और यदि दर्शकों की भीड़ इकट्ठा हो जाती तो कार्य काफी कठिन हो जाता। ढलाई के समय वहाँ पर केवल वही लोग उपस्थित रह गये थे जो तोपक्लब के सदस्य थे तथा केवल इसी कार्य के लिये बाल्टीमोर से टेम्पा तक आये थे। उन लोगों में बिल्सबाय, टाम हंटर, कर्नल ब्लामसूबेरी, मेजर एलफिन्स्टन, जनरल मार्गन तथा तोपों के ढालने की कला के अन्य विशेषज्ञ थे। जे.टी. मेस्टन ने उन लोगों के पथ-प्रदर्शक का कार्य किया तथा उन्हें एक-एक वस्तु दिखायी। वह उनको भंडार, कारखाना और एक-एक करके सभी भट्ठियों के पास ले गया। इतना घूमने के

बाद वे लोग काफी थक गये थे।

ढलाई का कार्य ठीक बारह बजे शुरू होनेवाला था। उसके एक दिन पहले रात को प्रत्येक भट्ठी में 1,14,000 पौंड लोहा रख दिया गया था। प्रातःकाल ही सभी चिमनियों में से धुआँ निकलना शुरू हो गया। जितनी मात्रा में लोहा ढालना था उतनी ही मात्रा में कोयला जलाने की आवश्यकता थी। इस प्रकार 68,000 टन कोयला एक साथ जलने से जो धुआँ निकला उससे वहाँ इतनी गरमी हो गयी कि पास खड़ा रहना भी कठिन हो गया। इतनी भट्ठियों के एक साथ जलने से जो आवाज आ रही थी वह गर्जना के समान थी। नीचे हवा जाने के बड़े-बड़े रास्ते बना दिये गये थे जिससे आवश्यक मात्रा में आक्सीजन पहुँचती थी। इस क्रिया को संपूर्णतः सफल बनाने में शीघ्रता करना आवश्यक था। तय यह किया गया था कि एक तोप का गोला दागने के साथ ही सभी भट्ठियाँ एक साथ चालू कर दी जायेंगी। सभी कारीगर तोप की आवाज की प्रतीक्षा करने लगे।

घेरे के अंदर एक भी व्यक्ति न ठहरा। व्यवस्थापक लोग प्रवेश-पथों के पास अपने-अपने निर्दिष्ट स्थान पर जा खड़े हुए।

बार्बीकेन तथा तोपक्लब वाले उनके साथी भी निष्क्रिय नहीं बैठे रहे। बार्बीकेन का कार्य इंजीनियर के इशारे पर तोप दागना था। दोपहर के कुछ समय पहले ढले लोहे ने बहना शुरू किया और धीरे-धीरे अपने निर्दिष्ट स्थान में इकट्ठा होने लगा। ढलाई शुरू होने के पहले कुछ समय के लिये उसको वहाँ रोक दिया गया जिससे उसमें से बाहरी मिलावट की चीजें निकल जायें।

बारह बजे। तोप का धमाका हुआ और 1,200 पिघले लोहे की नाँदें एक साथ खुलीं मानो 1,200 अग्नि के बने साँप बीच के कुएँ के पास अपनी बाँबी में घुसने लगे। वे भयंकर ध्वनि के साथ 900 फुट गहराई में गिरे। वह उत्तेजनापूर्ण तथा दर्शनीय दृश्य था। धरती काँप उठी तथा ढले हुए इस लोहे और बीच के साँचे में की नमी से एक भारी बादल उत्पन्न हुआ। यह नकली बादल आकाश में 1,000 गज तक उठ गया।

यदि कोई असभ्य व्यक्ति इस समय क्षितिज के पार होता तो यही समझता कि फ्लोरिडा अंचल में एक नये ज्वालामुखी पर्वत का सृजन हो रहा है, यद्यपि न तो कोई विस्फोट हुआ, न तूफान आया, न तत्त्वों का कोई विप्लव हुआ और न

कोई वैसी हलचल हुई जिसे उत्पन्न करने में प्रकृति सदा सक्षम रहती है। नहीं-नहीं, मनुष्य ही ने इस लाल-लाल भापवाली ज्वालामुखी का, भूकंप जैसे भयानक कंपनों का, तूफान जैसी प्रतिध्वनियों का सृजन किया था, और यह उसी के हाथों का चमत्कार था कि अपने ही खोदे हुए गड्ढे में पिघली हुई धातु की नायगरा जैसे प्रपाप की धारा गिर रही थी।

परिच्छेद 16

क्या ढलाई में सफलता मिली ? इस संबंध में केवल अनुमान ही किया जा सकता था। चूँकि साँचे में सभी द्रव लोहा जा चुका था इसलिए सफलता की पूर्णतः संभावना थी। फिर इस विषय में कोई निश्चित बात नहीं कही जा सकती थी।

इसी समय तोपक्लब के सदस्यों का धैर्य विचलित होता जा रहा था। परंतु वे कुछ कर भी तो नहीं सकते थे। बेचैनी से चक्कर काटते-काटते श्री मेस्टन महोदय आग में भुनकर भुरता होते-होते बच गये। ढलाई के पंद्रह दिन तक लगातार आकाश में धुएँ के बादल उठते रहे और स्टोनहिल की चोटी के आस-पास 200 गज के घेरे की सारी जमीन जल रही थी। वहाँ जाना असंभव था; उनको धैर्य करना ही पड़ा।

"आज दस अगस्त है!" जे.टी. मेस्टन चिल्ला उठा, "अब दिसंबर के चार महीने भी बाकी नहीं रहे। हम कभी भी समय पर कार्य पूरा नहीं कर सकेंगे।" बार्बीकेन ने कोई उत्तर नहीं दिया परंतु वह भी मन ही मन कुढ़ रहा था।

परंतु दिन-प्रतिदिन जमीन में अंतर होता जा रहा था। लगभग 15 अगस्त से धुआँ कम होता गया। कुछ दिन बाद धुआँ निकलना बिल्कुल बंद हो गया। जमीन भी धीरे-धीरे ठंडी होने लगी। अंत में 22 अगस्त को बार्बीकेन, उसके साथी तथा गोल्डस्प्रिंग कंपनी के इंजीनियर इस ढली तोप के किनारे पर अपने कदम रख सके।

"आह !" एक बहुत बड़ी संतोष की साँस तोपक्लब के अध्यक्ष के मुँह से निकली। उसी दिन से काम फिर शुरू हो गया। उन लोगों ने बीच के साँचे की खुदाई शुरू कर दी। कुदालें चलने लगीं।

आखिर 22 सितंबर को, अर्थात् बार्बीकेन के प्रस्ताव के ठीक एक वर्ष बाद

तोप संपूर्ण हालत में तैयार हो गयी। मेस्टन मारे खुशी से पागल हो रहा था। एक बार तो वह तोप में 900 फुट नीचे गिरते-गिरते बचा। अगर कर्नल ब्लामसबेरी ने अपने मजबूत हाथों से खींच न लिया होता तो तोपक्लब के योग्य मंत्री महोदय आधुनिक इरोस्टेट्स की तरह तोप की गहराई नापते हुए स्वर्गधाम पहुँच गये होते।

तोप बन चुकी थी। उसके निर्माण की सफता में अब कोई संदेह नहीं था। इसलिए 6 अक्टूबर को कैप्टन नाईकोल ने बैंक में अपना एवं अध्यक्ष बार्बीकेन का खाता खोल दिया तथा अपने नाम 2,000 डालर डलवाकर बार्बीकेन के खाते में उतने डालर जमा करबा दिया। कैप्टन नाईकोल इस सफलता से इतना चिढ़ गया कि उसे बुखार आ गया। अब भी 3,000, 4,000 एवं 5,000 डालर की शर्तें बाकी थीं और उसमें से दो भी शर्तें यदि वह जीतता तो घाटे में न रहता परंतु उसको पैसे की चिंता नहीं थी। उसको दुःख तो इस बात का था कि उसके प्रतिद्वंद्वी ने एक ऐसी तोप तैयार कर ली जिससे छूटे गोले को 60 फुट मोटी प्लेट भी रोक नहीं सकेगी। 23 सितंबर के बाद स्टोनहिल पर आम जनता को भी तोप देखने के लिये आने की अनुमति मिल गयी। भला कितने दर्शक आये होंगे, इसकी कल्पना कीजिए तो ? टेम्पा शहर से स्टोनहिल तक लोगों के आवागमन ने एक जुलूस या यात्रास्थल का दृश्य उपस्थित कर दिया।

स्मरण रहे कि जिस दिन प्रयोग प्रारंभ किया गया था उसी दिन से लाखों दर्शक उपस्थित थे क्योंकि पृथ्वी के कोने-कोने से लोग यहाँ तमाशा देखने आ रहे थे। काफी संख्या में योरोपवासी भी आ रहे थे।

परंतु उस समय तक बाहर से आनेवालों को कोई संतोष न हुआ था, यह कहने में कोई संकोच नहीं है। बहुतों ने केवल ढलाई के समय उड़नेवाला धुआँ ही देखा। उनकी आँखों को इतने से भला संतोष क्या होता ?

परंतु बार्बीकेन किसी को भी अंदर आने की अनुमति नहीं दे सकता था। इससे लोगों में बड़ा असंतोष था और वे लोग बार्बीकेन को 'तानाशाह' कहके पुकारने लगे। उसके बर्ताव को लोग अमरीका की परंपरा के विरुद्ध कहने लगे और स्टोनहिल के पास एक बलवा-सा हो गया; परंतु बार्बीकेन दृढ़ रहा। जब तोप का कार्य पूर्णतः समाप्त हो गया तब दर्शकों को मना करना बेकार था। ऐसा करने से जन-भावना भी खराब हो जाती। इसीलिए बार्बीकेन ने सभी को देखने के लिये आने की छुट्टी दे दी, यद्यपि उसने देखने के लिये टिकट लगा दिया

जिससे काफी आय भी हुई।

यह तोप देखने से भी ज्यादा मजा अमेरिकनों को तोप के नीचे उतरने में आने लगा। वे लोग लोहे के क्रेन द्वारा टोकरी में बैठकर तोप के बिल्कुल नीचे उतर जाते थे। लोग पागल हो रहे थे। स्त्रियाँ, बूढ़े, बच्चे सभी इस तोप का रहस्य जानने के लिये नीचे उतरने लगे। उतरने की फीस 5 डालर रखी गयी थी। इतनी भारी फीस के बावजूद भी दो महीने में तोपक्लब को इससे लगभग 5 लाख डालर की आय हुई।

कहने की आवश्यकता नहीं है कि इस तोप की तली के सर्वप्रथम दर्शक तोपक्लब के सदस्य ही थे। 25 सितंबर को एक समारोह आयोजित करके सभी नीचे उतरे।

एक बड़ी टोकरी में अध्यक्ष, मंत्री मेस्टन, मेजर एलफिन्स्टन, जनरल मार्गन, कर्नल ब्लामसबेर तथा तोपक्लब के अन्य सदस्यों को (कुल मिलाकर दस व्यक्तियों को) नीचे ले गया। तली में काफी गर्मी थी। काफी घुटन भी हो रही थी लेकिन फिर भी सभी को आनंद आ रहा था। तली की विशाल प्रस्तर-शिला पर छः थालियों से सुसज्जित एक मेज रखी गयी थी। तेज बिजली की रोशनी भी कर दी गयी थी। काफी सुस्वादु भोज्य पदार्थ परोसे जाने लगे और फ्रांस की सबसे मूल्यवान द्राक्षा की मदिरा काफी मात्रा में पृथ्वी की सतह से 900 फुट नीचे इस सुंदर मेज पर ढलने लगी। उत्सव में काफी सजीवता आ गयी। सबने एक दूसरे को बधाई देते हुए मदिरा पान किया।

पृथ्वी एवं उसके उपग्रह चंद्रमा, राष्ट्र तथा चंद्रलोक के निवासियों के नाम भी मधु-पात्र अर्पित किये गये।

तोप की तली से चली उलु ध्वनियाँ, प्रतिध्वनि होती हुई उसके मुहाने तक पहँचीं और स्टोनहिल के चारों ओर एकत्र भीड़ के हुंकार के साथ मिलकर कई गुनी हो गयीं।

जे.टी. मेस्टन आपे में नहीं था। यह निश्चय करना कठिन था कि उसकी उत्तेजना का कारण ज्यादा खाना-पीना था या और कुछ। परंतु वह किसी भी प्रकार से अपनी जगह छोड़ने को तैयार नहीं था। यदि तोप उसी समय दाग दी जाती और वह चूर-चूर होकर आकाशीय दुनिया में पहुँच जाता तब भी उसे कोई विरोध न होता।

परिच्छेद 17

तोपक्लब का यह महान् कार्य लगभग समाप्ति पर था और अब चाँद पर गोला छोड़ने में लगभग 2 महीने बाकी रह गये थे। ये दो महीने बड़ी कठिनाई से बीत रहे थे। दो वर्ष के समान लगते थे। अखबारवाले भी इस कार्य की छोटी से छोटी बात को भी प्रतिदिन प्रकाशित किया करते थे। उसे पढ़ने के लिये जनता आतुरता से प्रतीक्षा करती थी।

इन्हीं दिनों में एक ऐसी घटना घटी जिसकी किसी को आशा न थी। इस घटना से काफी सनसनी मच गयी।

एक दिन 30 सितंबर की शाम को 3 बजकर 47 मिनट पर अध्यक्ष बार्बीकेन को बेलेन्टाईना (आर्मलेन्ड) से न्यूफाउंडलैंड होकर अमरीका पहुँचा हुआ एक तार मिला। अध्यक्ष ने तार का लिफाफा खोला और जब उसने 32 शब्दों के उस तार को पढ़ा तब स्वयं उसमें आत्मनियंत्रण की काफी शक्ति होने के बावजूद भी उसका चेहरा पीला पड़ गया तथा आँखें फैल गयीं।

तार निम्न प्रकार–

''फ्रांस, पेरिस, 30 सितंबर सुबह 4 बजे,

''बार्बीकेन, टेम्पा शहर, फ्लोरिडा, संयुक्तराष्ट्र अपने गोल गोले को लंबे नोकदार गोले में बदल दीजिए। मैं स्वयं अंदर यात्रा करूँगा 'एटलान्टा' स्टीमर से आ रहा हूँ।

माईकेल आर्डेन।''

परिच्छेद 18

यदि यही समाचार बिजली के तारों द्वारा उड़कर आने के बदले साधारण डाक द्वारा बंद लिफाफ में आया होता तो बार्बीकेन रुकता नहीं। वह उसको पढ़कर चुप हो गया होता और अपनी बनी-बनायी योजना पर फिर से विचार करने को तैयार न होता। हो सकता है कि यह तार केवल मजाक हो क्योंकि एक फ्रांसीसी ने उसे भेजा था। क्या कोई मनुष्य इस प्रकार की यात्रा कर सकता है ? और यदि कोई मनुष्य ऐसी यात्रा के लिये तैयार हो तो वह वास्तव में मूर्ख होगा।

यह समाचार तार-विभाग के कर्मचारियों की कृपा से तेजी से फैल गया और माईकेल आर्डेन का प्रस्ताव संघ के कई राज्यों में दौड़ गया। बार्बीकेन का अब चुप रहने से कोई लाभ न था। इसलिए उसने तुरंत अपने टेम्पा शहर में उपस्थित सभी सदस्यों की बैठक बुलायी और बगैर कुछ कहे उन्हें तार पढ़ने के लिये दे दिया। उसका स्वागत मेस्टन को छोड़कर सभी ने संदेह अथवा आश्चर्यसूचक भावों से किया। परंतु मेस्टन बोल उठा—"बहुत सुंदर विचार है !"

जब बार्बीकेन ने चाँद पर गोले को भेजने का प्रस्ताव रखा था तब सभी उसे केवल तोपकला का एक संभव प्रयोग मानते थे परंतु छोड़े जानेवाले गोले में बैठकर सोचने-समझनेवाले मनुष्य की चंद्रयात्रा प्रहसन या साफ शब्दों में हड़बोंग समझा गया।

एक प्रश्न यह था, क्या कोई ऐसा व्यक्ति हो सकता है कि जो गोले में बैठकर यात्रा करने को तैयार हो ? एटलांटिक महासागर की गहराई को पार कर आये हुए इस तार में भेजनेवाले का नाम, जहाज का नाम, जहाज के आने का समय सभी कुछ था। इसलिए उसमें सच्चाई प्रतीत होती थी। लोग इस विषय पर

काफी तर्क-वितर्क करते थे। फुटकर पूछ-ताछ करने वाले अंत में एक भीड़ बनकर अध्यक्ष बार्बीकेन के निवास स्थान पर पहुँचे। बार्बीकेन स्वयं शांत था। परंतु वह लोगों में बढ़ती अशांति को नहीं समझ पाया था। अपने मकान के पास काफी भीड़ इकट्ठा होने से उत्पन्न हुआ शोर सुनकर वह बाहर आया। उससे एक नागरिक ने प्रश्न पूछा, "क्या तार में यह लिखा गया है कि जो व्यक्ति आ रहा है उसका नाम माईकेल आर्डेन है ? हाँ या ना में उत्तर दीजिए।"

"सज्जनो!" बार्बीकेन ने उत्तर दिया, "जितना आप लोग जानते हैं उतना ही इस संबंध में मैं जानता हूँ।"

"आपको बतलाना ही होगा।" अधीर भीड़ में से कई लोग एक साथ चिल्ला उठे।

"समय के साथ सभी मालूम होगा!" शांत भाव से बार्बीकेन ने जवाब दिया।

"समय को कोई अधिकार नहीं है कि वह सारे देश को दुविधा में रखे।" प्रश्नकर्ता ने पूछा, "क्या आपने तार के अनुसार गोला दागने की योजना में परिवर्तन किया है ?"

"अभी नहीं सज्जनो! परंतु आप लोग ठीक कहते हैं। हम तार द्वारा सभी जानकारी प्राप्त कर लें।"

"तार द्वारा?" सभी बोल उठे।

बार्बीकेन नीचे उतर आया तथा सीधे तारघर गया और एटलांटा जहाज छूटने के स्थान से लिवरपूल को तार दिया–

"एटलांटा जहाज योरोप से कब छूटा–उसमें माईकेल आर्डेन नाम का कोई फ्रांसीसी यात्री भी है ?"

दो घंटे बाद बार्बीकेन को उत्तर मिला जिससे शक की कोई गुँजाइश नहीं रह गयी।

"एटलांटा स्टीमर टेम्पा शहर के लिये लिवरपूल से 2 अक्टूबर को चला है। यात्रियों की सूची में माईकेल आर्डेन नाम का फ्रांसीसी है।"

उसी दिन की शाम को उसने वैडबिल ऐन्ड कम्पनी को एक पत्र लिख दिया कि जब तक आगे लिखा न जाये, तब तक गोला ढालना स्थगित करें। 20 अक्टूबर को नौ बजे सुबह बहामा केनाल में काला धुआँ दिखाई पड़ा। दो घंटे

बाद एक बड़े स्टीमर ने उससे आवश्यक संकेत मिलाये।

टेम्पा शहर में तेजी से 'एटलांटा' का नाम फैल गया। चार बजे उस अंग्रेजी जहाज ने इस्पिरिटा सान्टो की खाड़ी में प्रवेश किया। पाँच बजे हिलसबरो की खाड़ी पार की और छः बजे उसने टेम्पा बंदर में लंगर डाला। लंगर बालू में पहुँचा ही होगा कि 500 नावों ने अटलांटा को चारों ओर से घेर लिया। डेक पर बार्बीकेन ने सबसे पहले कदम रखा और अपने भावों को छिपाने का मिथ्या प्रयास करते हुए आवाज दी, "माईकेल आर्डेन!"

"मैं यहाँ हूँ!" पीछे से आवाज आयी।

बार्बीकेन ने अपनी बाँहें मोड़े अटलांटा के उस यात्री की तरफ घूर-घूरकर देखा। वह 42 वर्ष का हृष्ट-पुष्ट, ऊँचा, गोल कंधेवाला मनुष्य था। उसके सिर पर लाल घुँघराले शेर की अयाल की तरह बाल थे। उसका चौड़ा ललाट था, बिल्ली जैसी मूँछें थीं और उसके गालों पर पीले गलमुच्छे थे। उसकी आँखें गोल तथा चकित सी थीं। जान पड़ता था कि कमजोर भी हैं। उस व्यक्ति की चाल-ढाल बिल्कुल बिल्ली जैसी थी। उसकी नाक सुंदर थी, मुँह हँसता हुआ सा था, मत्था चौड़ा तथा ललाट पर झुर्रियाँ इस प्रकार पड़ी हुई थीं मानो ताजा जुता हुआ खेत हो। उसकी भुजायें माँसल थीं। चेहरे पर मुस्कुराहट सदैव रहती थी। वह ढीले-ढाले कपड़े पहने था।

स्टीमर के पुल पर लोगों की भीड़ में एक क्षण भी रुके बगैर आगे-पीछे होता हुआ वह निकल रहा था। वह एक ऐसा व्यक्ति था जिसका निर्माण विधाता ने फुरसत के समय किया था तथा उसके बाद साँचे को तोड़ डाला था।

शेक्सपियर की तरह वह भी वैज्ञानिकों को तिरस्कार की दृष्टि से देखता था। वह कहता था कि "वैज्ञानिक लोग केवल गोल गिनते हैं, जब कि हम लोग खेलते हैं।"

वह व्यक्ति बिलकुल सैलानी जैसा जान पड़ता था जो खतरे तो मोल लेते हैं, पर उचक्के नहीं होते। वह सदा किसी न किसी झगड़े में फँसा रहता था। उसकी अपनी मान्यताएँ थीं, और असंभव को संभव करना उसका एकमात्र मनोरंजन था। ऐसा था एटलांटा का यात्री। भीड़ ने जय-जयकार के नारों से उसका स्वागत किया।

इसके बाद माईकेल आर्डेन ने कई हजार व्यक्तियों से हाथ मिलाया। हाथ

मिलाते-मिलाते जब उसे शक हुआ कि अब उसकी उँगलियाँ टूट जायेंगी तब वह अपनी केबिन में घुस गया तथा उसे भीतर से बंद कर लिया। बार्बीकेन चुपचाप उसके पीछे-पीछे गया।

"तुम्हीं बार्बीकेन हो न ?" उसने इस प्रकार प्रश्न किया जैसे कि वह 20 वर्ष पुराने दोस्त से बात कर रहा हो।

"हाँ!"

"ठीक है बार्बीकेन, क्या हाल-चाल है ? सब ठीक-ठाक!"

"बिल्कुल ठीक!" बार्बीकेन ने उत्तर दिया और बगैर किसी प्रस्तावना के पूछा "क्या गोले में तुम्हारा जाना निश्चित ही है ?"

"बिल्कुल!"

"क्या किसी प्रकार भी तुम रुक नहीं सकते ?"

"नहीं! क्या तुमने मेरे तार के अनुसार गोले में तब्दीली करवा दी है ?"

"मैं तुम्हारे आने का इंतजार कर रहा था।" बार्बीकेन ने अब फिर से पूछा, "क्या तुमने भली भाँति सोच लिया है ?"

"सोचना ? मेरे पास सोचने के लिये क्या फालतू समय है ? मुझे चाँद तक यात्रा करने का मौका मिला तथा उससे मैं लाभ उठाना चाहता हूँ, इतना पर्याप्त है।"

अपने इस अभियान के बारे में ऐसी सरलता से बात करनेवाले इस व्यक्ति को बार्बीकेन कठोर दृष्टि से देखने लगा। "परंतु फिर भी तुम्हारी कोई योजना तो होगी ?"

"ठीक मेरे दोस्त ! मुझे केवल एक बात कहनी है। उसे मैं बार-बार नहीं कहना चाहता। इसलिए यदि तुम्हें कोई एतराज न हो, तो अपने दोस्तों को, साथियों को, पूरे शहर को या फ्लोरिडा राज्य को या यदि तुम चाहो तो समस्त अमेरिका को कल इकट्ठा करो और मैं अपनी योजना बताऊँगा। यदि किसी को कोई विरोध हो तो मुझे उसी समय कहे। विश्वास रखो, मैं हटनेवाला नहीं हूँ। क्या यह ठीक है ?"

"ठीक है!" बार्बीकेन ने जवाब दिया।

इस प्रकार कहकर बार्बीकेन केबिन से बाहर आया तथा उसने भीड़ को माईकेल आर्डेन का प्रस्ताव सुनाया। उसके शब्दों का भीड़ ने तालियों की

गड़गड़ाहट तथा खुशी के नारों के साथ स्वागत किया। इस प्रकार उनकी सभी कठिनाई हल हो गयीं। कल वे इस यूरोप के वीर का वक्तव्य सुनेंगे। कुछ यात्री फिर भी अटलांटा से उतरे नहीं। उन्होंने रात वहीं बितायी। उन यात्रियों में जे. टी. मेस्टन भी था जिसने अपना बिस्तर वहीं पर बिछा लिया। वह चिल्लाने लगा, ''वह वीर है वीर ! और हम अमेरिकी इन यूरोप के व्यक्तियों के मुकाबले में कमजोर मूर्ख औरतों की तरह है।''

अध्यक्ष महोदय ने भीड़ से अनुरोध किया कि अब उन लोगों को वापस जाना चाहिए। फिर केबिन में घुसकर मध्य रात तक वहाँ रहे। अंत में जब वे दोनों बाहर निकले तब पूरे मित्र बन चुके थे।

परिच्छेद 19

बार्बीकेन ने सोचा था कि दूसरे दिन कुछ चुने हुए व्यक्तियों को माइकेल आर्डेन का वक्तव्य सुनने के लिये बुलाया जाये जिसमें उससे कोई बे-मतलब के प्रश्न न पूछे। यदि वह नियाग्रा जलप्रपात को रोकने का प्रयास करता तो शायद वह संभव होता परंतु यह संभव न था। इसलिए उसे अपना विचार छोड़ना पड़ा तथा एक आम सभा का आयोजन करना पड़ा। सभा का स्थान शहर के पीछे एक बहुत बड़े मैदान में नियत किया गया। कुछ ही घंटों में जहाजवालों की कृपा से कैनवास का विशाल शामियाना लग गया जिसमें बैठनेवाले लोगों पर धूप न पड़े। इस फ्रांसीसी का वक्तव्य सुनने के लिये 3 लाख व्यक्ति एकत्र हुए। लोगों की इस भीड़ का अगला भाग, जो पूरी बात सुन सकता था, वक्ता को देख भी सकता था। पीछे का भाग बहुत कम देख पाता था तथा सुन तो बिल्कुल नहीं सकता था। तीसरा भाग न कुछ सुन सकता था, न कुछ देख ही सकता था। तीन बजे माइकेल आर्डेन तोपक्लब के प्रमुख सदस्यों के साथ, विशेष रूप से बनाये गये मंच पर आया। उसके दाहिनी ओर बार्बीकेन था तथा बाईं ओर जे.टी. मेस्टन। मंच पर चढ़ते ही माइकेल ने काली हैटों का विशाल सागर देखा। उसने रत्ती भर भी घबड़ाहट नहीं दिखायी। वैसा ही प्रसन्नचित बना रहा जैसा वह घर में रहता था। लोगों के नारों का उसने सिर झुकाकर स्वागत किया और हाथ हिलाकर लोगों को शांत रहने का आदेश दिया। उसने साफ एवं शुद्ध अंग्रेजी भाषा में बोलना प्रारंभ किया।

''सज्जनों, इस कड़ी धूप के बावजूद भी जिस अभियान के संबंध में आपको दिलचस्पी है, उसके संबंध में कुछ जानने के लिये मैं आप लोगों से धैर्य

रखने का अनुरोध करूँगा। मैं न कोई वक्ता हूँ न वैज्ञानिक। इस प्रकार की साधारण सभा बनाने का मेरा कोई इरादा भी नहीं था, परंतु मेरे मित्र बार्बीकेन ने मुझसे कहा कि आप लोग भी मेरी बात सुनना चाहेंगे। इसलिए मैं आप लोगों की सेवा में उपस्थित हुआ हूँ। आशा करता हूँ कि आप लोग मेरी बात ध्यानपूर्वक सुनेंगे। कृपा करके मेरी गलतियों पर ध्यान न दीजियेगा। आप यह न भूलियेगा कि आपके सामने वह व्यक्ति बोल रहा है जिसको अपनी कठिनाई ज्ञात नहीं है। परंतु सज्जनों, यह यात्रा करनी ही है, चाहे देर में करें या जल्द। यात्रा का वाहन उन्नति के नियम की एक कड़ी मात्र है। मनुष्य पहले चौपाया प्राणी था। उसके बाद उसने दो पैरों पर चलना सीखा। फिर गाड़ी में बैठा। फिर रेल पर। अब ग्रह-उपग्रहों की यात्रा में गोला ही भविष्य का वाहन होगा। आप लोगों में से कुछ लोग शंका करेंगे कि इसकी गति तेज होती है। परंतु यह कोई महत्त्वपूर्ण बात नहीं है। तारे उससे भी तेज चलते हैं। अपनी पृथ्वी भी सूर्य के आस-पास उससे तिगुनी गति से दौड़ती है। यद्यपि वह अन्य ग्रहों के मुकाबले में चींटी की चाल से चलती है। उसकी गति धीरे-धीरे कम होती जा रही है। इसलिए दोस्तों, क्या यह संभव नहीं है कि किसी दिन ऐसा वाहन तैयार हो जाये जो विद्युत एवं प्रकाश से भी तेज चले ?''

''सज्जनों!'' वक्ता आगे बोलता गया–''कुछ ऐसे लोगों के बावजूद भी जो मनुष्य जाति को भूगोल तक ही सीमित रखना चाहते हैं, एक दिन चंद्रमा की यात्रा होकर ही रहेगी और यह यात्रा उतनी ही सरलता से होगी जितनी आसानी से आज लिवरपूल से न्यूयार्क की यात्रा होती है। अंतर एक सापेक्षित शब्द है तथा अंत में घटते-घटते शून्य तक पहुँच जायेगा।''

सभा पूर्णतः माइकेल के अनुकूल हो रही थी। माइकेल के इस वक्तव्य से उसमें सन्नाटा छा गया। माइकेल भविष्य की बातें बताता जा रहा था।

''सज्जनों!'' उसने मधुर मुस्कान से अपना वक्तव्य जारी रखा, ''मालूम पड़ता है कि मेरी बातें आप लोगों के गले के नीचे नहीं उतर रही हैं। ठीक है। अब जरा समझने का प्रयत्न करें। एक एक्सप्रेस गाड़ी को चाँद तक पहुँचने में कितनी देर लगेगी ? केवल 300 दिन। अर्थात् यह अंतर पृथ्वी की परिधि के 9 गुने से भी कम है। मैंने हिसाब लगाया है कि मेरी इस यात्रा में केवल 97 घंटे लगेंगे। आप लोग इस चिंता में पड़ गये हैं कि चाँद बहुत दूर है और यह प्रयोग

करने के पहले करने वाले को बार-बार सोचना चाहिए। नेप्च्यू ग्रह सूर्य से 20 हजार सात सौ बीस लाख मील की दूरी से परिक्रमा कर रहा है। यदि वहाँ तक यात्रा की जाये तो उसके बारे में आप लोग क्या कहेंगे ? और उससे भी आगे यदि हम सितारों तक जाने का यत्न करें तो क्या कहेंगे ? याद रहे कि मामूली सा आर्कटरस का तारा यहाँ से अरबों मील दूर है। अब आप दूरी की परिभाषा किस प्रकार करेंगे ? कुछ लोग अब भी दूर-दूर चिलाते हैं। बिल्कुल वाहियात ! क्या आप यह जानना चाहेंगे कि मैं सौरमण्डल के बारे में क्या सोचता हूँ ? क्या मैं आपको अपना सिद्धांत बता दूँ ? वह बहुत ही सरल है। मेरी राय में सौरमण्डल एक ठोस-एकरस वस्तु है जिसके ग्रह एक दूसरे से संबंधित हैं तथा उन ग्रहों का अंतर उसी प्रकार है जिस प्रकार ठोस चाँदी, सोना या प्लेटिनस जैसे घने तत्त्वों के अणुओं के बीच हैं। इसलिए सज्जनों, मैं कहता हूँ और बार-बार कहूँगा कि अंतर जैसी वस्तु आप लोग अपने दिमाग से निकाल डालें और अच्छी तरह समझ लें कि अंतर बेकार की वस्तु है जिसका कोई अस्तित्व ही नहीं है।"

"धन्य-धन्य !" एक आवाज आयी (कहने की आवश्यकता नहीं कि वह आवाज जे.टी. मेस्टन की थी) "अंतर का कोई अस्तित्व ही नहीं है।" और वह भावावेश में आकर इतनी तेजी से उछला कि मंच पर से गिरते-गिरते बचा। गिर पड़ता तो उसे भी ज्ञात हो जाता कि अंतर का अर्थ खाली जगह नहीं है।

"सज्जनों!" वक्ता ने फिर अपना वक्तव्य चालू किया, "मैं फिर से कहूँगा कि पृथ्वी का अपने उपग्रह से अंतर बहुत मामूली है और मुझे विश्वास है कि अगले बीस वर्ष तक पृथ्वी पर के आधे लोग चंद्र-यात्रा कर लेंगे। अब मेरे लायक दोस्तों, यदि आपको कोई प्रश्न मुझसे करना हो तो पूछिए। मैं अल्प-ज्ञानी होते हुए भी मैं यथा-संभव उत्तर देने की कोशिश करूँगा।"

भाषण के अब तक के मोड़ से बार्बीकेन बिल्कुल संतुष्ट था परंतु अब उसने उसको व्यावहारिक रूप देना चाहा। उसने तुरंत ही अपने इस नये दोस्त से पूछा कि "क्या उसकी राय में चंद्र एवं अन्य ग्रहों में जीवित प्राणी बसते हैं ?"

"अध्यक्ष महोदय, आपने मुझसे बड़ा अटपटा प्रश्न पूछा है।" मुस्कुरा कर माइकेल ने उत्तर दिया, "प्लूटार्क, स्वेडनबर्ग, बर्नाडिन, दी सेंट पियरे आदि बड़े-बड़े विद्वानों ने इस संबंध में राय कायम की है कि वहाँ पर जीवित प्राणी हैं। और यदि हम दार्शनिकों की राय से देखें तो संसार में कोई भी वस्तु बेकार नहीं

है। आपके प्रश्न का उत्तर मैं इस तरह दूँगा कि या तो चाँद पर आबादी होगी, हो चुकी होगी या होने वाली होगी।''

''इससे ज्यादा तर्कसंगत उत्तर कोई दूसरा नहीं हो सकता।'' बार्बीकेन ने कहा, ''अब प्रश्न यह है कि क्या इन जगहों में रहा जा सकता है ? मैं स्वयं मानता हूँ कि हाँ, रहा जा सकता है।''

''फिर भी'' श्रोताओं में एक बोल उठा, ''वहाँ जीवन के होने या न होने के बारे में भी कई दलीलें हैं। वहाँ पर जीवन यदि होगा तो दूसरी ही परिस्थितियों में होगा। ग्रहों का ही उदाहरण ले लीजिए, कुछ जल रहे हैं, तो कुछ बिल्कुल ठंडे हो गये हैं।''

''खेद है कि अपना विरोध करने वाले व्यक्ति से मेरी व्यक्तिगत जान-पहचान नहीं है, नहीं तो मैं उसका उचित उत्तर देता।

''मनुष्य के शरीर की बनावट इस प्रकार की है कि वह अपने शरीर की गर्मी का नियंत्रण कर सकता है। यदि सूर्य के निकटतर ग्रहों में वह शरीर की कम 'कैलोरी' गर्मी खर्च करे, और दूरतर ग्रहों में अधिक, तो इन विभिन्न तापक्रम के स्तर में, जीवन बहुत कठिन नहीं है। पृथ्वी पर ही भिन्न-भिन्न प्राणी नितांत भिन्न-भिन्न परिस्थितियों में रहते हैं। मछलियाँ पानी में सांस लेती हैं। अन्य प्राणियों के लिये यह असंभव है। कुछ प्राणी जल और स्थल में समान रूप से रह सकते हैं। समुद्र की कुछ मछलियाँ गहरे पानी में रहती हैं, जहाँ उन पर पचास या साठ वातावरणों का भार है। अन्य मछलियाँ यदि वहाँ रखी जायें तो दबकर चिपक जायेंगी। अनेक प्राणी उबलते हुए पानी के झरनों में रहते हैं और अनेक ध्रुवीय ठंडे जल में। यह विरोधाभास समझ में नहीं आता, पर है सत्य। रसायनशास्त्री जानते हैं कि अंतरिक्ष से जो उल्काएँ गिरती हैं उन पर निश्चित रूप से कोयले के चिह्न मिलते हैं। और रेचेन बैक के कथनानुसार जहाँ कोयला है, किसी न किसी प्रकार का जीवन अवश्य है। यदि मैं धार्मिक विषयों का कुछ ज्ञान रखता होता तो आपको बतलाता कि प्राचीन ग्रंथों में पृथ्वी के ही समान अन्य ग्रह-उपग्रहों पर सृष्टि के स्पष्ट संकेत हैं। कठिनाई यह है कि मैं न तो प्रकृतिशास्त्री हूँ, न रसायनज्ञ और न धर्मशास्त्री। इसलिए मैं तो केवल इतना कह सकता हूँ—''मैं नहीं जानता कि चंद्रमा पर प्राणी रहते हैं अथवा नहीं। और चूँकि मैं नहीं जानता, इसलिए मैं देखने जा रहा हूँ।''

माइकेल आर्डेन के विरोधियों ने इसका कुछ जवाब दिया या नहीं, इससे भीड़ के शोर में जान नहीं पड़ा। फिर से जब शांति हुई तब वक्ता ने फिर से अपना वक्तव्य शुरू किया–

"सजन्नों, मैंने इस महान प्रश्न के एक साधारण पहलू पर ही बात की है। ग्रहों में जीवन होने के संबंध में एक अन्य तर्क भी है जो मैंने अभी तक नहीं बताया है। जिन लोगों का कहना है कि ग्रहों में जीवन नहीं है, उनका ध्यान आकर्षित करके मैं जवाब देना चाहता हूँ कि आप लोग यदि यह सिद्ध करें कि पृथ्वी ही सब ग्रहों में अच्छी है तो आप लोगों की बात शायद सही हो सकती है। पृथ्वी का केवल एक ही उपग्रह है जब कि बृहस्पति, यूरेनस, शनि, नेप्च्यून, आदि कई उपग्रह हैं जिससे उनको अवश्य कई विशेष लाभ होंगे। इसके अतिरिक्त पृथ्वी पर सबसे ज्यादा परेशानी इस बात की है कि पृथ्वी की धुरी सीधी नहीं है जिससे दिन और रात बराबर नहीं हैं। इसके सिवा वह सूर्य के आस-पास ही बराबर वृत्त बनाकर नहीं घूमती जिससे ऋतुओं का निर्माण हुआ है। हमारे यहाँ कभी तो बहुत गर्मी पड़ती है और कभी बहुत ही सर्दी। बृहस्पति ग्रह की धुरी लगभग सीधी है। वहाँ जहाँ गरमी है, निरंतर गरमी रहती है और जहाँ सर्दी है वहाँ निरंतर सर्दी पड़ती है। जहाँ बसंत है वहाँ निरंतर बसंत-ऋतु ही रहती है। वहाँ के निवासी जिस आबोहवा में रहना चाहें उसमें जीवन-पर्यन्त रह सकते हैं। इस प्रकार आप स्वीकार करेंगे कि बृहस्पति ग्रह पृथ्वी से ज्यादा अच्छा है। वहाँ का एक वर्ष हमारे वहाँ के बारह वर्ष के बराबर है। इस प्रकार मुझे विश्वास है कि वहाँ के निवासी हमारे यहाँ के निवासियों से सभ्यता में आगे होंगे। उनके बराबर होने के लिये हमें यह आवश्यक है कि हम अपनी पृथ्वी की धुरी को जरा-सा सीधा करें।"

"धन्य धन्य !" समस्त भीड़ चिल्ला उठी, और एक आवाज आयी कि "हम सब मिलकर भारी मशीनें लगाकर पृथ्व्री की धुरी सीधी करें।"

सभी ने इस प्रस्ताव का स्वागत किया। कहने की आवश्यकता नहीं है कि यह प्रस्ताव जे.टी. मेस्टन का ही था।

परिच्छेद 20

जैसे ही उत्तेजना शांत हुई, दृढ़ स्वर में निम्नलिखित शब्द सुनायी दिये–

"अब तक वक्ता महोदय ने हमें बहुत सुंदर कल्पना के वातावरण में ले जाकर प्रसन्न किया, परंतु क्या अब वे इस प्रश्न के व्यावहारिक पहलू पर प्रकाश डालने की कृपा करेंगे ?"

सभी की आँखें बोलने वाले व्यक्ति की ओर दौड़ गयीं। एक अधेड़ उम्र का स्वस्थ 'अमेरिकन' बकरा मार्का दाढ़ीयुक्त व्यक्ति भीड़ में होनेवाली हलचल से लाभ उठाकर बिल्कुल आगे की कतार में आ गया था। इस आयोजन के दुल्हे का उसने ठीक प्रकार से निरीक्षण किया। प्रश्न करने के बाद कुछ समय वह शांत रहा। उसने इस बात की परवाह नहीं की कि हजारों व्यक्ति उसकी ओर असहमति के भाव से देख रहे थे। जब उसके प्रश्न का तुरंत ही कोई उत्तर नहीं मिला तब उसने अपने प्रश्न को फिर से दुहरा कर ये शब्द कहे, "हम लोग यहाँ केवल चाँद के बारे में बात कर रहे हैं, पृथ्वी के बारे में नहीं।"

"महाशय, आप बिल्कुल उचित कह रहे हैं।" माइकेल आर्डेन ने उत्तर दिया, "बहस बेतुकी होती जा रही थी। हम फिर चाँद पर पहुँच जायें।"

उस अनजबी ने कहा, "श्रीमान जी, आपका कथन है कि हमारे उपग्रह में आबादी है। ठीक है, लेकिन यदि चंद्रमा पर लोग बसते हैं तो वे लोग ऐसे होंगे जो साँस न लेते होंगे। क्योंकि मैं आपकी जानकारी के लिये बताना चाहता हूँ कि चंद्रमा में बिल्कुल हवा नहीं है।"

इस बात पर आर्डेन ने अपना सिर हिलाया और सख्त होकर कहा, "क्या आप यह कहना चाहते हैं कि चंद्रलोक में हवा नहीं है ?–इसका सबूत ?"

'वैज्ञानिकों ने ऐसा ही कहा है।''

''सचमुच ?''

''सचमुच श्रीमान जी'' माइकेल ने जवाब दिया, ''मैं उन वैज्ञानिकों का आदर करता हूँ जो विज्ञान के बारे में जानकारी रखते हैं। उनसे सख्त नफरत रखता हूँ जो ऐसा ज्ञान नहीं रखते।''

''क्या आप जानते हैं कि दूसरी श्रेणी में कौन हैं ?''

''अवश्य ! फ्रांस में अब भी कुछ लोग हैं जो गणित द्वारा यह सिद्ध करते हैं कि पक्षी उड़ नहीं सकता। कुछ ऐसे भी हैं जो यह सिद्ध करना चाहते हैं कि मछली पानी में रहने के लिये नहीं बनायी गयी थी।''

''मुझे ऐसे लोगों से कोई दिलचस्पी नहीं है। मैं ऐसे व्यक्तियों का नाम लेना चाहता हूँ जिनके बारे में आप शंका प्रकट नहीं कर सकते।''

''यदि आप ऐसा करेंगे तो उस बेचारे अबोध व्यक्ति को बहुत परेशानी में डाल देंगे, जो आपसे कुछ सीखना ही चाहता है।''

''फिर क्यों आप उन वैज्ञानिक मामलों में दखल देना चाहते हैं जिनको आप जानते नहीं ?'' उस अजनबी ने कर्कश आवाज में कहा। ''केवल इसी कारण से कि जो भय नहीं जानता वही बहादुर है। यह हो सकता है कि मैं कुछ भी नहीं जानता हूँ परंतु मेरा वह अज्ञान ही मेरी दृढ़ता का कारण है।''

''यह मूर्खता है'' अजनबी ने कहा।

''ठीक है लेकिन यही मूर्खता मुझे चंद्रमा तक पहुँचा देगी।''

बार्बीकेन तथा उसके साथी ठीक अनजबी की तरफ गौर से देखने लगे। कोई उसे जानता न था। उसके इस प्रकार की बातचीत से वे लोग अपने नये दोस्त की ओर देखने लगे। सभा में कुछ अशांति भी हो रही थी जिससे उनको भय भी होने लगा कि कहीं उनकी योजना को कोई खतरा न हो जाये।

"श्रीमान्" आर्डेन के प्रतिद्वंद्वी ने उत्तर दिया, "कई अकाट्य तर्कों द्वारा यह सिद्ध है कि चंद्रमा में वायुमंडल नहीं है। और मैं यह भी कह सकता हूँ कि यदि कभी होगा भी तो पृथ्वी में खिंच आया है। मैं केवल वही बातें कहूँगा जिन पर सभी एकमत हैं।"

"वे जितनी भी हों, सभी आप बताते जाइये।"

"आप जानते हैं" अनजबी ने कहा "कि जब प्रकाश की किरणें हवा जैसे किसी माध्यम को पार करती हैं तो उनमें आवर्त्तन होता है। जब तारे चंद्रबिंब के पीछे छिप जाते हैं तब उनकी किरणें चंद्रमा पर पड़ते समय तनिक भी परावर्तित नहीं होतीं और न तिरछी होती हैं। इसलिए सिद्ध है कि चंद्रमा के चारों ओर वातावरण का बिल्कुल अभाव है।"

"वास्तव में यह आपकी यदि केवल एकमात्र दलील न भी हो तो प्रमुख दलील अवश्य है" आर्डेन ने जवाब दिया "और कोई वैज्ञानिक उसका उत्तर देने में जरूर अटपटा जायेगा। मैं तो केवल यह कहूँगा कि आपका प्रश्न गलत है। क्योंकि इससे यह तात्पर्य निकलता है कि चंद्रमा का व्यास कोण निश्चित हो गया है, जो वास्तव में नहीं हुआ है। परंतु मैं और आगे चलता हूँ। क्या आप यह स्वीकार करेंगे कि चंद्रमा में ज्वालामुखी हैं ?"

"बुझे हुए हैं ! जिंदा नहीं।"

"परंतु एक समय ये ज्वालामुखी जिंदा थे। सच है, किंतु जितनी ऑक्सीजन चंद्रमा पर थी, सभी खर्च करके बुझ गये। केवल उनका जलना यह सिद्ध नहीं करता है कि वहाँ वायुमण्डल है।"

"इस संबंध में चंद्रमा पर जो निरीक्षण किये गये हैं, उनका इतिहास मैं आपको बताऊँगा। सन् 1715 ई. में लोविले और हेली ज्योतिषियों ने 3 मई को होने वाले ग्रहण में बहुत बड़ी प्रकंपित ज्वालाएँ देखी थीं। उनका मत था कि ये ज्वालाएँ चंद्र-आँधियों के कारण काँप रही थीं।"

"1715 में लोविले और हेली ने जो कुछ देखा था वह उनका भ्रम मात्र था।

जो कुछ उन्होंने देखा था वह चंद्र पर नहीं, हमारी पृथ्वी पर ही था। वे उल्काएँ थीं, यही मेरा उत्तर है।''

''आगे'', आर्डेन ने जवाब दिया ''हर्शेल ने सन् 1787 में देखा था कि चंद्र की सतह पर कई जगह प्रकाश है।''

''यह ठीक है। परंतु उसका उसने कोई कारण न बताया था। हर्शेल ने स्वयं भी यह नहीं कहा था कि चंद्रमा में वायुमंडल है। साथ ही मैं यह भी कहूँगा कि बियर और मिडल्टर इन दो वैज्ञानिकों ने साफ-साफ लिखा है कि चंद्रमा के आस-पास हवा जैसी कोई वस्तु नहीं है।''

मालूम पड़ता था कि इस अकेले आदमी की दलीलों के असर से लोग उत्तेजित होते जा रहे थे।

आर्डेन ने शांति से कहा ''एक महत्त्वपूर्ण बात मैं बताना चाहता हूँ। मोशिये ल्यूसांडा नामक एक फ्रांसीसी ज्योतिषी ने 1860 की जुलाई की 18वीं तारीख के ग्रहण को देखकर कहा था कि चंद्र के दोनों शृंग गोल तथा कटे हुए से हैं। और यह तभी संभव है कि जब चंद्रमा में वायुमंडल हो। इससे बढ़कर कोई और प्रमाण नहीं हो सकता।''

''क्या यह सच्ची बात है ?''

उपस्थित जनता अब इस सभा के नेता के पक्ष में हो रही थी।

आर्डेन ने आगे कहा, ''तो आप देखते हैं कि हम यह निश्चित तौर पर नहीं कह सकते कि चंद्रमा पर वायुमंडल नहीं है। यह वायुमंडल हो सकता है कि बिल्कुल थोड़ा हो परंतु है अवश्य और इस कथन से वर्तमान वैज्ञानिक इनकार नहीं करते।''

''परंतु वह चंद्रमा के पहाड़ों पर किसी भी हालत में नहीं है।''

''नहीं, परंतु घाटियों में तो है ही।''

''जो कुछ भी हो, आपको सावधानी बरतनी होगी क्योंकि वहाँ पर हवा बहुत ही कम होगी।''

''महाशय जी, फिर भी वहाँ कम से कम एक व्यक्ति के लिये काफी हवा तो होगी ही और मैं जब एक बार वहाँ पहुँच जाऊँगा तो हवा को कंजूसी से खर्च करूँगा—केवल विशेष त्योहारों पर ही साँस लूँगा।'' आर्डेन ने गंभीर होकर कहा।

जोर की हँसी की प्रचंड तरंग पूरी सभा पर फैल गयी और वह रहस्यमय

व्यक्ति एकत्रित जनता को घूरकर देखने लगा।

लापरवाही से आर्डेन बोलता गया, "जब यह तय हो गया कि वहाँ हवा है तो वहाँ थोड़ा पानी भी होगा। मेरे लिये यह बहुत खुशी की बात होगी। फिर मैं अपने मिलनसार विरोधी से यह भी कहूँगा कि ये सब बातें चंद्रमा की केवल उस ओर की हैं जो हमारे सामने है। यदि हमारे सामने की तरफ उसमें हवा है तो दूसरी तरफ अवश्य ज्यादा होगी।"

"क्यों ?"

"इसलिए कि अधिक आकर्षण बल के कारण चंद्रमा अंडाकार है और लोग केवल उसके छोटे भाग को देख पाते हैं। अतः हाउसेन के हिसाब के अनुसार उसका आकर्षण केंद्र दूसरे गोलार्द्ध में है। इससे यह परिणाम निकलता है कि वहाँ हवा एवं पानी ज्यादा होने चाहिए।"

"कोरी कल्पना है" अजनबी चिल्ला उठा।

"नहीं, विशुद्ध वैज्ञानिक सत्य है जो यंत्रों के नियम पर आधारित है। अब मैं इस सभा से पूछता हूँ क्या जिस प्रकार यहाँ पृथ्वी में जीवन है, उस प्रकार चंद्रमा में जीवन होना असंभव है ?"

तीन लाख व्यक्तियों ने वक्ता के प्रस्ताव का खुशी से स्वागत किया। आर्डेन के विरोधी ने कुछ कहना चाहा परंतु उसको किसी ने सुना ही नहीं। उसको लोग चारों तरफ से दुत्कारने लगे।

"बहुत हुआ ! बहुत हुआ !" एक आवाज आयी।

और "उसको बाहर निकालो" पूरी भीड़ एक आवाज से गर्जना कर उठा।

परंतु वह मंच पर दृढ़ खड़ा रहा और एक बालिश्त भी हटा नहीं। उसने तूफान शांत होने दिया। शांति स्थापित कराने में आर्डेन ने प्रयास न किया होता तो शायद भीड़ दूसरा रूप धारण करती। पर अपने विरोधी को खतरे में डाल देने के उपयुक्त कायरता का आर्डेन में अभाव था।

"आप कुछ और भी कहना चाहते थे ?" उसने हल्की आवाज में पूछा।

"हाँ। मुझे हजारों बातें करनी थीं, अब केवल एक बात, यदि जानने की जिद्द ही करते हैं तो आप—"

"आप अपने को खतरे में डाल रहे हैं। आप मुझे ऐसा व्यक्ति क्योंकर समझते हैं जब मैंने गोले के बजाय सिलेण्डर के आकार वाले गोले में जाना पसंद

किया, जिससे मैं गिलहरी की तरह गोल-गोल न घूमा करूँ।''

''परंतु हे बदनसीब आदमी, जैसे ही गोला छूटेगा वैसे ही उसके धक्के से तुम चूर-चूर हो जाओगे मेरे प्यारे विरोधी।''

''यही केवल तुमने एक कच्ची और वास्तविक कठिनाई बतायी है। यद्यपि मुझे अमेरिकियों की तेज बुद्धि पर विश्वास है कि वे इसका भी हल निकालेंगे।

''परंतु उससे जो गर्मी पैदा होगी उसको कैसे बर्दाश्त कर सकोगे ?''

''उसमें कोई कठिनाई नहीं होगी। उसकी दीवारें बहुत चौड़ी हैं तथा जल्द ही मैं वायुमंडल के बाहर निकल जाऊँगा।''

''परंतु खाना-पीना कैसे होगा ?''

''मैं एक साल का खाना साथ ले जाऊँगा, यद्यपि मेरी यात्रा केवल चार दिन की रहेगी ?''

''परंतु बगैर हवा रास्ते में साँस कैसे लोगे ?''

''मैं उसको रासायनिक क्रियाओं द्वारा बना लूँगा।''

''परंतु यदि तुम, मान लो चंद्रमा पर पहुँच ही जाते हो तो काफी तेजी से गिर पड़ोगे ?''

''वह पृथ्वी का 1/6 गुना कम तेजी से होगा क्योंकि वहाँ सभी वस्तुओं का भार पृथ्वी पर की वस्तुओं के भार का 1/6 होता है।''

''फिर भी वह उतना काफी होगा कि तुम्हारे गोले को शीशे की तरह टुकड़े-टुकड़े कर दें।''

''उचित स्थानों पर रॉकेट लगाकर ठीक समय पर उन्हें छोड़कर गिरने की गति मंद करने से मुझे कौन रोक सकता है ?''

''परंतु मान लो, सभी कठिनाई हल करके तुम वहाँ पहुँच ही जाते हो, तब भी वहाँ से पृथ्वी पर वापस कैसे आओगे ?''

''मैं वापस नहीं आना चाहता।''

बड़ी शांति एवं सरलता से दिये उस उत्तर से सभा स्तब्ध हो गयी। परंतु यह शांति बोलने से ज्यादा प्रभावशालिनी थी। इस शांति का लाभ उठाकर उस अजनबी ने फिर पूछा—''इस प्रकार, हे पागल व्यक्ति, तुम बेकार ही आत्महत्या करोगे जो विज्ञान के भी किसी काम की न होगी।''

''कहते जाओ मेरे अनजबी दोस्त, तुम्हारी भविष्यवाणी पर मुझे कोई

विरोध नहीं है।"

"यह वास्तव में ज्यादती है" माइकेल आर्डेन का प्रतिद्वंद्वी चिल्ला उठा, "मैं नहीं जानता मैं क्यों इस बेकार की बहस में उलझता जा रहा हूँ। तुम स्वयं इस पागलपन की सफर करके खुश हो जाओ। हमें तुम्हारे बारे में चिंता करने की जरूरत नहीं।"

"आप परेशान न हों।"

"नहीं, तुम्हारे कार्यों के लिये दूसरा व्यक्ति जिम्मेदार है।"

"क्या मैं पूछ सकता हूँ वह कौन है ?" माइकेल आर्डेन ने गंभीर स्वर में पूछा।"

"वह अज्ञानी जिसने इतना बड़ा असंभव एवं मूर्खतापूर्ण प्रयोग का अभियान किया है।"

हमला सीधा था। अज्ञात व्यक्ति के दखल देने के प्रारंभ से ही बार्बीकेन आत्मसंयम के लिये भरसक कोशिश कर रहा था। अब अपने ऊपर सीधा हमला होते देख वह अपने को रोक न सका। सीधा उठकर उसने अपने प्रतिद्वंद्वी को ललकारा। खैरियत हुई कि लोगों ने बीच-बचाव कर दिया। जिस तख्त पर व्याख्यान हो रहे थे, अकस्मात् सैकड़ों भुजाओं ने उसे उठा लिया और तोपक्लब के अध्यक्ष और माइकेल आर्डेन के प्रति सम्मान प्रदर्शित करने के लिये शोभा-यात्रा बनाकर चल पड़े। तख्त बहुत भारी था, पर उसे कंधों पर उठाने के लिये लोग आपस में लड़ पड़ते थे।

उधर वह अज्ञात व्यक्ति गड़बड़ी से लाभ उठाकर खिसक नहीं गया। वह अब भी अपने स्थान पर हाथ बाँधे खड़ा था तथा अध्यक्ष बार्बीकेन की ओर गुस्से में देख रहा था।

शोभा-यात्रा के दौरान असंख्य जनता के चीत्कार से वातावरण गूंज उठा। माइकेल आर्डेन का चेहरा खुशी से दमक रहा था। लोगों की खुशी के कारण कई बार तख्त डगमगाया, परंतु उस पर सवार हमारे वीर यात्री गिरने से बराबर बचते रहे। अंत में वे टेम्पा नगर में पहुँच ही गये।

तख्त भूमि पर उतरते ही लोगों ने उन दोनों गले लगाना शुरू किया। सौभाग्य से माइकेल आर्डेन भीड़ से बच निकला और तीर की तरह सीधे होटल फ्रैंकलिन की ओर दौड़ा। वहाँ अपने कमरे में पहुँचकर वह सीधे अपने बिस्तर में

घुस गया। एक लाख जनता उसकी खिड़की के नीचे धरना दिये बैठी रही। इस बीच एक संक्षिप्त, गंभीर और निर्णयात्मक दृश्य दिखायी पड़ा। वह दृश्य था अध्यक्ष बार्बीकेन एवं उस रहस्यमय व्यक्ति के बीच बातचीत।

बार्बीकेन ने मौका पाकर अपने प्रतिद्वंद्वी से कहा—"इधर आओ!" वह व्यक्ति चुपचाप उसके पीछे-पीछे गया तथा वे दोनों सागर तट तक जा पहुँचे। दोनों प्रतिद्वंद्वी एक दूसरे को घूरने लगे।

"तुम कौन हो ?" बार्बीकेन ने पूछा।

"कैप्टन नाईकोल।"

"मुझे यही शक था। भाग्य ने कभी तुमको मेरे रास्ते के बीच आने नहीं दिया है।"

"मैं यहाँ इसीलिए आया था।"

'तुमने मेरा अपमान किया है।"

"खुलेआम।"

"तुम्हें मेरे इस अपमान का उत्तर देना होगा।"

"अभी, इसी समय।"

"नहीं। मेरी तुम्हारी बातचीत गुप्त रहे। टेम्पा से तीन मील दूर स्केरस्नो जंगल है। क्या तुम वहाँ गये हो ?"

"हाँ।"

"क्या तुम वहाँ सुबह पाँच बजे पहुँच सकते हो ?"

"हाँ, यदि तुम भी वहाँ ठीक उसी समय पहुँचो।"

"ठीक, परंतु तुम अपनी रायफल साथ लाना मत भूलना।"

"नहीं भूलूँगा परंतु तुम भी मत भूलना।"

शांति से इतनी बात समाप्त करके तोपक्लब के अध्यक्ष तथा कैप्टन नाईकोल अलग हुए। बार्बीकेन अपने निवास स्थान पर पहुँचा और रात को आराम करने के बजाय गोला छूटने के धक्के को बरदाश्त करने की युक्ति सोचने लगा।

परिच्छेद 21

जिस समय बार्बीकेन एवं कैप्टन नाईकोल के बीच द्वंद्वयुद्ध का समय और स्थान निश्चित हो रहा था उस समय माइकेल आर्डेन विजय की थकान उतारने के लिये सो रहा था। यह कहा जाये कि आर्डेन आराम कर रहा था तो उचित नहीं होगा क्योंकि अमेरिकी पलँग पत्थर या चौकी की तरह सख्त होते हैं।

हाँ, तो आर्डेन सो रहा था और नींद में स्वप्न देख रहा था कि बहुत ही मुलायम गद्दे पर लेटा हुआ गोले में सफर कर रहा है। अचानक बड़ी भारी आवाज ने उसके सपने को भंग कर दिया। "दरवाजा खोलो !" किसी ने जोर से बाहर से आवाज दी। वह उठा और दरवाजा खोलते ही धमाक से तोपक्लब के मंत्री ने कमरे में प्रवेश किया। उसके अंदर आने से जो आवाज उत्पन्न हुई वह किसी बम के फटने से पैदा होनेवाली आवाज से किसी प्रकार कम नहीं थी।

जे.टी. मेस्टन ने कमरे में घुसते ही बगैर किसी लाग-लपेट के बोलना शुरू किया, "कल रात हमारे अध्यक्ष का खुले आम अपमान हुआ। उसने अपने प्रतिद्वंद्वी को द्वंद्व युद्ध का के लिए ललकारा। प्रतिद्वंद्वी उसका पुराना दुश्मन कैप्टन नाईकोल है। वे लोग आज सुबह स्केरस्नो के जंगलों में द्वंद्व युद्ध करेंगे। ये सब बातें बार्बीकेन ने स्वयं मुझे बताई हैं। यह युद्ध रोकना होगा। बार्बीकेन पर केवल एक ही व्यक्ति की बात का असर हो सकता है। और वह व्यक्ति हाईकेल आर्डेन है।"

माईकेल ने जे.टी. मेस्टन की बात में दखल दिये बगैर ही कपड़े पहनना शुरू कर दिया और दो मिनट में दोनों मित्र टेम्पा की गलियों में से गुजरने लगे। चलते-चलते मेस्टन ने आर्डेन को पूरा किस्सा सुनाया। उसने बताया कि बार्बीकेन

एवं नाईकोल की दुश्मनी का कारण क्या, कितना पुराना तथा क्यों था और अब तक वे लोग एक दूसरे को पहचानते भी नहीं थे। उसने यह भी कहा कि दोनों की दुश्मनी केवल गोले और प्लेटों के कारण हुई और कल की सभा में नाईकोल का विरोध केवल बार्बीकेन से बदला लेने की भावना से था।

अमेरिका में द्वंद्व युद्ध से बढ़कर भयानक कोई वस्तु नहीं है। दो विरोधी परस्पर पशुओं की तरह हमला करना शुरू कर देते हैं। फिर वे सोचते हैं कि काश, प्रेयरीज के मैदानों में बसने वाले बहादुर रेड इंडियनों की तेज बुद्धि, कल्पना शक्ति, चालाकी तथा दुश्मन के वारों की पहचानने की शक्ति उन्हें मिल जाती। एक साधारण-सी गलती, एक साधारण-सी हिचकिचाहट, एक मामूली-सी गलत कदम मौत ला सकता है। ऐसे मौकों पर अमेरिकी अपने कुत्तों को भी अपने साथ रखते हैं तथा वे भी घंटों तक मुकाबला करते हैं।

"कैसे शैतान हो तुम लोग?" जब मेस्टन अमेरिकन द्वंद्व युद्ध का वर्णन कर रहा था तब आर्डेन बोल उठा।

"हाँ ठीक है, परंतु हमें लंबे कदम उठाने चाहिए।"

यद्यपि माइकेल तथा मेस्टन सबसे छोटे रास्ते से स्केरस्नो के जंगल की ओर जा रहे थे फिर भी उन लोगों का लगभग डेढ़ घंटा तो लग ही गया।

बार्बीकेन लगभग आधा घंटा पहले पहुँचा होगा।

जंगल के किनारे उन दोनों आदमियों ने एक बुड्ढे को लकड़ी बीनते हुए देखा।

मेस्टन दौड़कर उसके पास पहुँचा और उससे पूछने लगा, "क्यों भाई, तुमने हमारे अध्यक्ष बार्बीकेन को रायफल लेकर इस रास्ते से जाते हुए तो नहीं देखा है ?"

तोपक्लब के मंत्री का ख्याल था कि बार्बीकेन को दुनिया के सभी व्यक्ति जानते होंगे; परंतु वह बुड्ढा उसे नहीं जानता था। वह मेस्टन की बात समझ नहीं पाया।

आर्डेन ने पूछा, "क्या कोई शिकारी इधर से गुजरा है ?"

"शिकारी, हाँ ! लगभग एक घंटा पहले यहाँ से गुजरा था।"

"एक घंटा !" मेस्टन चिल्ला उठा "क्या तुमने कोई बंदूक की आवाज तो नहीं सुनी ?"

"नहीं, लगता था कि उसे शिकार खेलना आता ही न था।"

"अब क्या किया जाये ?" मेस्टन बोला, "काश ! बार्बीकेन के बजाय मेरे सिर में 20 गोलियाँ लगतीं।"

"चलो, आगे चलो !" आर्डेन ने कहा और एक क्षण में वे दोनों गायब हो गये। जंगल काफी घना था और उसमें बड़े-बड़े जैतून, देवदार और इमली के पेड़ो थे। ये पेड़ इतने घने थे कि उनकी डालियां परस्पर उलझी हुई थीं। आर्डेन एवं मेस्टन मजबूत लताओं को काटकर जंगल में रास्ते बनाते हुए चुपचाप आगे जा रहे थे। बार्बीकेन भी रास्ता बनाता हुआ ही आगे गया होगा परंतु उसका बनाया रास्ता कहीं भी दिखाई नहीं पड़ा था। वे लोग किसी रेड इंडियन के बनाये हुए बहुत पुराने रास्ते से आगे जा रहे थे।

एक घंटा तक इस तरह व्यर्थ ही चलते रहे। अंत में मेस्टन ने हताश होकर कहा, "सब समाप्त हो चुका होगा। बार्बीकेन इतना सीधा, इतना बहादुर है कि वह सीधे शत्रु के पास गया होगा। गोली चल गयी होगी और इस घनी झाड़ी से पार गोली चलने की आवाज उस बुड्ढे को न सुनायी पड़ी होगी।"

"परंतु हमें भी कोई आवाज नहीं सुनायी पड़ी" आर्डेन ने कहा, "और चूँकि हम झाड़ी के अंदर हैं इसलिए वह हमें जरूर सुनाई पड़ती।"

"परंतु हम तो देर से आये हैं।" मेस्टन ने निराशा के भाव से कहा। आर्डेन एक क्षण के लिये चुप हो गया और चुपचाप दोनों आगे बढ़ते गये। अब बार्बीकेन तथा नाईकोल बारी-बारी से जोर से चिल्लाने भी लगे; परंतु किसी ने भी उत्तर न दिया।

एक घंटा और खोज होती रही। वे लोग जंगल का ज्यादातर भाग घूम चुके थे। उन्हें उस बुड्ढे द्वारा दी गयी सूचना पर शक होने लगा। आर्डेन कहने ही जा रहा था कि अब यह खोज समाप्त करके होटल वापस चला जाये कि अचानक मेस्टन रुक गया।

"रुको, वहाँ कोई आदमी है ?" उसने कहा।

"कोई आदमी !" आर्डेन ने मेस्टन के शब्द दोहराए।

"हाँ आदमी है। वह चुपचाप खड़ा है। उसके हाथ में रायफल भी नहीं है। वह वहाँ क्या कर रहा होगा ?"

"लेकिन क्या तुम उसे पहचान रहे हो ?" आर्डेन ने पूछा।

"हाँ, हाँ ! वह हमारी तरफ घूम रहा है।" मेस्टन ने कहा—"कौन है वह ?"

"कैप्टन नाईकोल।"

"नाईकोल !" आर्डेन चिल्ला उठा। उसकी आवाज में खेद की झलक थी।

"नाईकोल, बगैर हथियार के। लगता है, उसे अपने विरोधी की चिंता नहीं है।"

"हम उसके पास चलें और पता लगाएँ कि क्या बात है?" आर्डेन ने कहा।

"लगभग 50 कदम और आगे जाकर वे लोग नाईकोल को गौर से देखने लगे। उन्हें ख्याल था कि वे बदले की भावना से मस्त किसी खून के प्यासे व्यक्ति को देखेंगे।

पर उसे देखकर वे स्तब्ध हो गये। बहुत महीन धागों का बना हुआ एक जाल दो वृक्षों के बीच टँगा था। इस जाल के बीच फँसी हुई एक चिड़िया चिल्ला रही थी। उसके पंख जाल में उलझे हुए थे। जाल से बच निकलने के उसके सब प्रयत्न बेकार हो चुके थे। पक्षी को जाल में फाँसने वाला कोई शिकारी नहीं, वरन् उस प्रदेश में होने वाला कबूतर के अंडे के बराबर का जहरीला एक मकड़ा था। अपने शिकार की ओर दौड़ पड़ने के स्थान पर मकड़ा भागकर पेड़ की ऊपरी शाखाओं में जा छिपा था, क्योंकि उसका भी एक शत्रु उसके किले के निकट था।

नाईकोल यहाँ खड़ा अपनी रायफल भूमि पर रखकर उस पक्षी को मकड़े के जाल से छुड़ाने का प्रयत्न कर रहा था। उसका प्रयत्न सफल होने पर पक्षी छूट गया और खुश होकर आकाश में उड़कर गायब हो गया।

नाईकोल पक्षी की उड़ान देख रहा था कि उसने पीछे से ये शब्द सुने।

"तुम सचमुच बहादुर हो।"

वह घूमा। उसने देखा कि माईकेल आर्डेन आ रहा है। उसने आगे कहा—

"और दयालु भी।"

"माईकेल! हम आये हैं तुम्हें और बार्बीकेन को एक-दूसरे हत्या करने से रोकने के लिये।"

"बार्बीकेन!" कैप्टन ने कहा, "मैं यहाँ दो घंटे से उसके इंतजार में बैठा हूँ। वह कहाँ छिपा पड़ा है ?"

"नाईकोल!" आर्डेन ने कहा, "यह कहना उचित नहीं है। हमें अपने विरोधी का भी आदर करना चाहिए। विश्वास करो, यदि बार्बीकेन जिंदा होगा तो हम उसे ढूँढ़ निकालेंगे। तुम्हारी तरह पक्षी छुड़ाने में आनंद लेने के बजाय वह तुम्हें ढूँढ़ ही रहा होगा। जब वह मिल जायेगा तब मैं तुम लोगों से कहूँगा कि तुम्हारा द्वंद्व युद्ध नहीं होगा।"

"क्या मतलब ?" नाईकोल गरज उठा "हम दोनों में से केवल एक ही जिंदा रहेगा।"

"हूँ !" आर्डेन ने कहा "तुम लोगों का युद्ध नहीं होगा।"

"मैं लडूँगा, महाशय।"

"नहीं !"

"कैप्टन !" गदगद होकर मेस्टन ने कहा "मैं अध्यक्ष का मित्र तथा उसका दाहिना हाथ हूँ। यदि तुम वास्तव में उसे मारना ही चाहते हो तो मुझे मार डालो, वह एक ही बात है।"

"महाशय !" अपनी रायफल को मजबूती से पकड़ते हुए नाईकोल बोला, "यह मजाक–"

"हमारा मित्र मजाक नहीं कर रहा है।" आर्डेन ने कहा "मैं मेस्टन की बात बिल्कुल ठीक समझ रहा हूँ परंतु न तो उसे या न बार्बीकेन को नाईकोल की गोली लगेगी। वास्तव में मेरे पास ऐसा प्रस्ताव है कि जिससे दोनों राजी हो जायेंगे।"

"वह कौन सा है ?" नाईकोल ने पूछा।

"धैर्य रखो", आर्डेन ने कहा, "मैं उसे बार्बीकेन की उपस्थिति में ही बताऊँगा।"

"तो चलो हम लोग उसे ढूँढ़ें।" कैप्टन ने कहा।

वह तीनों चल दिये। कैप्टन ने अपनी रायफल से गोली निकाल दी और उसे कंधे पर रखकर शांति से बढ़ने लगा।

दूसरा आधा घंटा भी बीत गया परंतु बार्बीकेन का पता नहीं लगा।

भयानक दुर्भावनाओं ने मेस्टन को दबा रखा था। वह नाईकोल की ओर देखने लगा। वह सोचता था—कहीं ऐसा तो नहीं हुआ कि कप्तान अपना बदला ले चुका है, और अभागा बार्बीकेन किसी झाड़ी में खून से लथपथ पड़ा है ? आर्डेन के मस्तिष्क में भी यही प्रश्न उठ रहा था, और दोनों बार-बार एक दूसरे की ओर प्रश्नसूचक दृष्टि से देख रहे थे। अचानक मेस्टन ठहर गया।

एक विशाल वृक्ष के पास झुकी हुई एक आदमी की छाया दिखाई पड़ी।

"वह देखो वहाँ है।" मेस्टन ने कहा।

बार्बीकेन हिल नहीं रहा था। आर्डेन ने कैप्टन की तरफ देखा, परंतु उसका चेहरा शांत था। आर्डेन नजदीक गया और चिल्लाया "बार्बीकेन ! बार्बीकेन !" कोई उत्तर नहीं मिला। आर्डेन अपने मित्र की तरफ दौड़ा। उसके हाथों को पकड़ते-पकड़ते कुछ देर रुक गया और आश्चर्य से चिल्ला उठा।

बार्बीकेन के हाथ में पेंसिल थी। एक कागज पर कुछ ज्यमिति की आकृतियाँ बनी हुई थी। पास में बिना भरी उसकी रायफल रखी हुई थी।

अपने अध्ययन में मग्न, बार्बीकेन युद्ध भूल गया था। न वह कुछ देख पाया न कुछ सुन पाया। जब आर्डेन ने उसका हाथ पकड़ा तब उसने सिर ऊँचा किया और आगंतुक की तरफ देखा।

"अरे तुम हो !" वह चिल्ला उठा, "मिल गया—मिल गया।"

"क्या ?"

"तरीका ?"

"कौन सा तरीका ?"

"जिससे गोले के छूटने का धक्का बरदाश्त किया जा सके।"

"सचमुच !" माईकेल आर्डेन ने कैप्टन की तरफ देखते हुए कहा।

"हाँ ! पानी-केवल पानी जो स्प्रिंग का काम करेगा।"

"अरे ! मेस्टन तुम भी यहाँ हो ?" बार्बीकेन चिल्ला उठा।

"स्वयं !" आर्डेन ने उत्तर दिया "और मुझे आज्ञा दीजिए कि अपने मित्र कैप्टन नाईकोल से आपका परिचय करा दूँ।"

"नाईकोल !" बार्बीकेन बोल उठा "मुझे माफ करना कैप्टन, मैं बिल्कुल भूल गया था। अब मैं तैयार हूँ।"

उन दिनों दुश्मनों को कुछ भी कहने का और मौका दिये बगैर ही माइकेल आर्डेन बीच में आ गया।

"भगवान को धन्यवाद !" वह बोला, "खुशी की बात है कि आप दोनों

बहादुर पहले नहीं मिले; नहीं तो हम लोग किसी एक के लिये शोक मनाते होते। लेकिन अब भगवान की कृपा से कोई खतरा नहीं है। यंत्रविद्या में या मकड़ी के जाले में जब कोई अपना क्रोध भूल सकता है तो वह गुस्सा खतरनाक नहीं हो सकता।"

माइकेल आर्डेन ने बार्बीकेन को बताया कि किस प्रकार कैप्टन नाईकोल से उनकी भेंट हुई थी।

"अब मैं आप लोगों से कहता हूँ !" उसने अंत में कहा, "आप दोनों बहुत ही अच्छे व्यक्ति हैं। आपका जन्म एक दूसरे का सिर तोड़ने के लिये नहीं हुआ था।"

एक विचित्र परिस्थिति उत्पन्न हो गयी। अनहोनी बात हो गयी ! माइकेल आर्डेन ने मुस्कुराते हुए आगे कहा—

"मेरे दोस्तो ! यह कुछ नहीं है, केवल गलतफहमी है। आप दोनों अपना झगड़ा दूर करने के लिये मेरी बात मान जायें।"

"क्या ?" कैप्टन ने पूछा।

"हमारे मित्र बार्बीकेन का कहना है कि गोला सीधा चाँद तक जायेगा।"

"बिल्कुल !" बार्बीकेन ने कहा।

"और हमारे मित्र नाईकोल का कहना है कि वह पृथ्वी पर वापस गिर पड़ेगा।"

"मुझे इसका पूरा विश्वास है।" कैप्टन चिल्ला उठा।

"ठीक है !" आर्डेन ने कहा, "मैं अपनी बात आपको जबरदस्ती कैसे मनवा सकता हूँ ? परंतु मेरा यह सुझाव है कि मेरे साथ चलिए और देखिए कि हमारी यात्रा कहाँ खत्म होती है।"

"क्या ?" जे.टी. मेस्टन मूर्ख की तरह चिल्ला उठा।

दोनों दुश्मन अचानक प्रस्ताव से एक दूसरे की तरफ देखने लगे। बार्बीकेन ने कैप्टन के उत्तर का इंतजार किया तथा कैप्टन बार्बीकेन के निर्णय का इंतजार करने लगा।

"अब तो गोला छूटने के धक्के का भी कोई डर नहीं है।" आर्डेन ने कहा।

"मंजूर है" बार्बीकेन बोल उठा।

परंतु यह शब्द कहते ही वह जल्दी से नाईकोल से दूर हो गया।

"वाह ! क्या बहादुरी की बात है बार्बीकेन और नाईकोल की जय ! !"

माईकेल चिल्ला उठा और दोनों विरोधियों का एक-एक हाथ अपने हाथ में लेते हुए कहा, "दोस्तों ! अब जबकि सब मामला तय हो गया तो हम लोग फ्रांस के नियम के अनुसार एक साथ बैठकर नाश्ता करें।"

परिच्छेद 22

उसी दिन पूरे अमेरिका को कैप्टन नाईकोल तथा अध्यक्ष बार्बीकेन के सुधरे संबंध का पता चल गया। उस अनोखे निर्णय का भी। उस दिन से माइकेल

आर्डेन को एक क्षण का भी आराम नहीं मिला। संघ के कोने-कोने से प्रतिनिधि-मंडल उससे मिलने आने लगे। उसे सभी का स्वागत करना ही था, चाहे वह चाहता हो या नहीं। उसने इस दरम्यान असंख्य आदमियों से हाथ मिलाया।

उनसे मिलने जो प्रतिनिधि-मंडल आये उनमें अमेरिकी लगी थी, पागलों का भी प्रतिनिधि-मंडल था। उन्होंने अनुरोध किया कि हम पागलों को भी हमारे पितृदेश चंद्रलोक में साथ ले चला जाये। जब उन्हें इस संबंध की कठिनाइयाँ बतलायी गयीं तब उन्होंने चंद्रमा-निवासी अपने सहधर्मियों के लिये कुछ संदेश कहे।

बार्बीकेन ने आर्डेन से पूछा, "क्या तुम दिमाग पर चंद्रमा का असर होने की बात में विश्वास करते हो ?"

"मुझे तो नहीं है।"

"मैं भी नहीं करता यद्यपि इस संबंध में कुछ ऐतिहासिक बातें हो गयी हैं। उदाहरणार्थ, सन् 1693 ई. से ग्रहण के समय सैकड़ों व्यक्ति मर गये। चार्ल्स छठे को सन् 1399 में 3 बार पागलपन के दौरे पड़े। अधिकतर पूर्णिमा के दिन ही। 'गाल' ने हिसाब लगाकर बताया है कि पागलों के पागलपन के उजाले पक्ष में वृद्धि होती है। अशक्त में पागलपन और बुखार आदि मामलों में हिसाब लगाकर वैज्ञानिक इस निष्कर्ष पर पहुँचे हैं कि चंद्रमा का मनुष्यों पर रहस्यमय प्रभाव है।"

"लेकिन ऐसा क्यों होता है ?" बार्बीकेन ने पूछा।

"मैं तुमको वही उत्तर दूँगा जो 1900 वर्ष पहले प्लूटार्क ने आरागो को दिया था। पर शायद वे कहानियाँ सच्ची नहीं हैं।"

अपने विजय के क्षणों में माइकेल आर्डेन को वे सभी परेशानियाँ उठानी पड़ीं, जो प्रसिद्ध व्यक्तियों के हिस्से में आती हैं।

नाटकवालों ने चाहा कि वह उसके नाटकों में भाग ले। बर्नम ने उसे अपनी नाटक मण्डली के साथ पूरे संघ के दौरे के लिये 10 लाख डॉलर देने का प्रस्ताव किया। जहाँ तक उसके चित्रों का संबंध है, वह प्रत्येक आकार और प्रत्येक संभव पोज में बिकने लगे। इतने अल्प समय में उसके चित्रों की पाँच लाख प्रतियाँ बिक गयीं।

केवल पुरुषों ने ही उसके प्रति आदर दिया हो यह बात नहीं है। अमेरिकन औरतें भी उसके पीछे पागल हो गयीं। लगभग एक सौ स्त्रियों ने उसके साथ शादी का प्रस्ताव किया (शादी का प्रस्ताव हमेशा पुरुष ही करते हैं)। जिन स्त्रियों

की उमर ढल चुकी थी (अर्थात् 40 वर्ष के ऊपर की) वे उसकी तस्वीर लेकर उसकी पूजा करने लगीं। यदि वह यह कहता कि शादी के बाद वह अपनी स्त्री को गोले में बैठाकर ले जायेगा तब भी सैकड़ों स्त्रियाँ उसके साथ हो जातीं। परंतु उसकी इच्छा चंद्रलोक में फ्रांको-अमेरिकन जाति का प्रसार करने की नहीं थी और इसलिए उसने इन सभी प्रस्तावों से इनकार कर दिया।

नाव पर ही आर्डेन, बार्बीकेन, मेस्टन और नाईकोल ने दरवाजा खोलने की क्रिया में आतुरता से सहयोग दिया। जैसे ही गोला खुला कि बिल्ली बाहर निकली। उसे साधारण खरोंचे लगी थी, परंतु वह थी बिल्कुल जिंदा। उसकी जांच से यह पता न चल रहा था कि वह आकाशीय सफर करके लौटी है।

परंतु मेस्टन की गिलहरी का कहीं पता न लगा ! उसकी लाश भी न मिली। अंत में सत्य ज्ञात हो सका कि बिल्ली ने अपने सहयात्री को उदरस्थ कर लिया था।

मेस्टन को अपनी प्रिय गिलहरी का बहुत दुःख हुआ। उसने प्रस्ताव किया कि उसे भी विज्ञान के शहीदों की सूची में शामिल किया जाये।

इस प्रयोग के बाद सभी डर समाप्त हो गये। दो दिन बाद माइकेल आर्डेन को संयुक्त राष्ट्र के प्रेसीडेण्ड का एक संदेश मिला, जिसमें उसे एक विशेष सम्मान दिया गया था। उसके प्रसिद्ध देशवासी मार्किस डी-ला-फाएट के उदाहरण पर अमेरिकी सरकार ने उसे 'संयुक्त राज्य अमेरिका के नागरिक' की उपाधि प्रदान की थी।

परिच्छेद 23

जब तोप का निर्माण-कार्य समाप्त हो गया तब लोगों का ध्यान उस गोले की तरफ गया जिसमें तीन व्यक्ति चंद्रलोक की यात्रा करनेवाले थे।

नयी बदली हुई योजना के अनुसार गोला बनाने के लिये अल्बैनी की बैडविल ऐंड कंपनी को ऑर्डर भेज दिया गया तथा उनसे अनुरोध किया गया कि वे कार्य तेजी से करें। गोला 2 नवंबर को ढाला गया तथा तुरंत ही उसे ईस्टर्न रेलवे द्वारा स्टोनहिल भेज दिया गया। गोला बिना किसी विघ्न-बाधा के 10 नवंबर को स्टोनहिल पहुँच गया। माइकेल आर्डेन, बार्बीकेन तथा नाईकोल उसका बेचैनी से इंतजार कर रहे थे।

गोले में तीन फुट की गहराई तक तो पानी भरना था। उसके बाद एक लकड़ी के तख्तों से उसे इस प्रकार बंद करना था कि पानी बहने न पाये। इन तख्तों पर हमारे तीनों यात्रियों के बैठने का स्थान था। पानी वाला भाग कई आड़े पर्दों द्वारा इसलिए बांट दिया गया था, जिसमें कई स्तरों में धक्के के प्रभाव से बचाया जा सके।

पानी के प्रत्येक स्तर का संबंध पाइपों द्वारा गोले के ऊपरी भाग से था। इस प्रकार तख्ते का आवरण धक्का खाकर एकदम गोले की तली से टकराने में बिल्कुल अक्षम हो गया था।

इसमें संशय नहीं कि पहले धक्के में सारा पानी ऊपर निकल जाने पर भयानक धक्का लगेगा। फिर भी धक्के का प्रभाव कम अवश्य हो जायेगा। दीवार के ऊपरी हिस्से में मोटे चमड़े में मढ़ी सर्वोत्तम फौलाद की स्प्रिंगें फिट कर दी गयी थीं। इस प्रकार प्रथम धक्के से बचने के लिये सभी उपाय कर लिये

गये थे।

इस धातु के गोले में प्रवेश के लिये एक छोटा सा रास्ता बना दिया गया था। उन्हें एल्युमिनियम की मजबूत प्लेटों से पेचों द्वारा खूब कसा जा सकता था। यात्री लोग इस प्रकार चंद्रमा पर पहुँच कर बाहर निकल सकते थे।

प्रकाश के लिए तथा बाहर देखने के लिए चार खिड़कियाँ बना दी गयी थीं जिन पर बहुत मोटा शीशा जड़ दिया गया था। दो खिड़कियाँ दीवार में थीं—एक तली में तथा एक ऊपर। इन खिड़कियों को प्रथम धक्के से बचाने के लिये बहुत सख्त धातु की चादर बाहर से कस दी गयी थी जिसको आसानी से अंदर से पेंच घुमाकर खोला जा सकता था। मजबूती से कसे हुए पीपों में पानी रख दिया गया था। प्रकाश और गर्मी गैस द्वारा प्राप्त की जा सकती थी जिसको भी काफी दबा कर रखा गया था। उसे खोलने के लिये केवल टोटी घुमाने की आवश्यकता थी। 6 घंटे के लिये प्रकाश व गर्मी की पर्याप्त व्यवस्था थी।

अब प्रश्न केवल हवा का रह गया था जिसकी आवश्यकता बार्बीकेन तथा उनके दो साथियों और दो कुत्तों को पड़ेगी। सांस में निकाली गयी गंदी हवा को बदलना तथा श्वास के लिये नयी हवा बनाना जरूरी था। हवा में 21 भाग ऑक्सीजन तथा उनहत्तर भाग नाइट्रोजन होता है। श्वास लेने पर हवा की आक्सीजन का 5 प्रतिशत फेफड़ा, खून साफ करने में खर्च कर देता है और उतनी ही मात्रा में कार्बन डाइ-ऑक्साइड बनती है। इसलिए कुछ समय बाद ऑक्सीजन समाप्त हो जायेगी और उसका स्थान कार्बन डाइ-ऑक्साइड लेगी, जो जीवन के लिये हानिकारक है। इस प्रकार दो वस्तुओं का प्रबंध आवश्यक था। पहले तो खर्च किये गये ऑक्सीजन के स्थान पर नया ऑक्सीजन बनाना तथा दूसरे कार्बन डाई-ऑक्साइड को नष्ट करना। दोनों कार्य आसानी से पोटाशियम क्लोरेट तथा कास्टिक पोटाश द्वारा किये जा सकते हैं। 14 पौंड पोटाशियम क्लोरेट को 400° तक गरम करने पर 7 पौंड अर्थात् 2400 लीटर ऑक्सीजन पैदा होगी। इतने में इन यात्रियों के लिये 24 घंटे काम चल जायेगा। कास्टिक पोटाश ऐसा रसायन है जो कार्बन डाइ-ऑक्साइड में मिलकर पोटाश बाइ कार्बोनेट बनाता है। इस प्रकार इन दोनों रसायनों द्वारा गोले पर जीवन संभव हो सकता था।

ये सब बातें संभव तो थीं लेकिन इस पर अब तक किसी ने प्रयोग नहीं

किया था। सबसे पहले प्रयोग करने का श्रेय जे.टी. मेस्टन ही को मिला।

"चूँकि मुझे जाना नहीं है इसलिए मैं इस गोले में कम से कम एक सप्ताह रहूँगा।" वह बहादुर तोपची बोला।

उसे इनकार करना व्यर्थ था इसलिए अनुमति दे दी गयी। उसके लिये पर्याप्त मात्रा में पोटाशियम क्लोरेट तथा कास्टिक पोटाश रख दिया गया। आठ दिन के लिये खाद्य सामग्री भी रख दी गयी। दोस्तों को गले लगाकर 12 नवंबर की सुबह 6 बजे मेस्टन गोले में घुसा तथा यह हिदायत दी कि उसे किसी भी कारण से 20 नवंबर की शाम को 6 बजे के पहले न खोला जाये। प्रवेश-द्वार तुरंत बंद कर दिया गया। एक सप्ताह तक उसका क्या हुआ, किसी को कुछ पता न लग सका। गोले की दीवारें इतनी मोटी थीं कि उसके अंदर होने वाली आवाज बाहर नहीं आ सकती थी। 20 नवंबर को ठीक 6 बजे प्रवेश-द्वार खोला गया। जे.टी. मेस्टन के मित्र चिंतित से खड़े थे परंतु हर्षनाद करता हुआ वह गोले के बाहर निकला। वह कुछ मोटा भी हो गया था।

परिच्छेद 24

पिछले वर्ष की 20 अक्टूबर को जब चंदा जमा करने का कार्य खत्म हुआ था तब तोपक्लब के अध्यक्ष ने कैम्ब्रिज की वेशशाला को एक विशाल दूरबीन के निर्माण के लिये जरूरी धन दिया था। यह दूरबीन इसीलिए बनायी जा रही थी कि उससे चंद्रमा पर नौ फुट तक के आकार की कोई भी वस्तु बखूबी देखी जा सके।

तोपक्लब के इस महान प्रयोग के समय तक दूरबीन बनाने की कला इतनी पूर्णता तक पहुँच चुकी थी।

उन दिनों दो दूरबीनें बहुत बड़ी थीं। पहली दूरबीन हर्शेल की थी जो 36 फुट लंबी थी तथा उसके ताल का व्यास 4/1/2 फुट था। किसी वस्तु के अकार को बढ़ाकर दिखाने की शक्ति 6000 गुनी थी। दूसरी आमर्लेण्ड में पार्सन्सटाउन टावर पर बनायी गयी थी। वह लोर्ड रास की थी। उसकी लंबाई 24 फुट थी तथा उसके ताल का व्यास 6 फुट था। यह दूरबीन 6400 गुना बढ़ाकर दिखाती थी।

फिर भी दोनों दूरबीनों से चंद्रमा को 36 मील से अधिक निकट से नहीं देखा जा सकता था। इन दूरबीनों से देखने देने के लिये गोला कम से कम 60 फुट व्यास का होना चाहिए था।

वर्तमान 9 फुट व्यासवाले तथा 15 फुट लंबे गोले के लिये यह था कि चंद्र को पाँच मील की दूरी से देखा जाये और उसके लिये दूरबीन की बढ़ाकर दिखाने की शक्ति 48,000 गुनी आवश्यक थी।

कैम्ब्रिज की वेधशाला को ऐसी दूरबीन का निर्माण करना था। रुपए-पैसे की कोई कमी न थी। कैम्ब्रिज की वेधशाला के ज्योतिषियों ने काफी बहस के

बाद यह निश्चय किया कि दूरबीन 280 फुट लंबी होनी चाहिए तथा उसके ताल का व्यास 16 फुट हो।

इस दूरबीन का आकार चाहे कितना बड़ा लगता हो, परंतु हुक द्वारा प्रस्तावित 10,000 फुट लंबी दूरबीन से तो यह काफी छोटी थी।

अब प्रश्न यह रह गया कि दूरबीन को कहाँ पर खड़ा किया जाये। इरादा उसे किसी ऊँचे पहाड़ पर खड़ा करने का था, परंतु अमेरिका में पहाड़ों का अभाव है। वास्तव में वहाँ केवल दो ही ऊँची पर्वतश्रेणियाँ हैं जिनके बीच में नदियों की रानी मिसिसिपी बहती है। पूर्व की ओर अप्लेशियन पर्वतश्रेणी है जिसकी सबसे ऊँची चोटी हेम्पशायर 5600 फुट से ज्यादा ऊँची नहीं है।

पश्चिम की तरफ रॉकी पर्वतश्रेणी है जो मेगेलिन के जलडमरू-मध्य से शुरू होकर दक्षिण अमेरिका के दक्षिण की कोलोरेडो या रॉकिज के नाम से फैली हुई पर्वतश्रेणी से मिलती है। उस श्रेणी की सर्वोच्च ऊँचाई 10,700 फुट है। तोपक्लब के सदस्यों को इतनी ऊँचाई से ही संतोष करना था क्योंकि उनका निश्चय था कि तोप तथा दूरबीन दोनों संघ के क्षेत्र में ही निर्मित की जायें। अतएव सभी आवश्यक सामग्री लोंग्स पर्वत की चोटी तक पहुँचा दी गयी। यह चोटी मिसूरी क्षेत्र में है।

अमेरिकी इंजीनियरों को जो कठिनाई उठानी पड़ी थी उसका वर्णन शब्दों में नहीं किया जा सकता। बहुत बड़े पत्थर, काफी मात्रा में कच्चा लोहा, काफी लंबी दूरबीन की नली जिसके केवल ताल का वजन ही 30,000 पौंड था, 10,000 फुट से भी ज्यादा ऊँचाई पर चढ़ाने पड़े। इस सामग्री को जंगलों, घाटियों, पहाड़ों तथा जंगलियों के प्रदेश से ढोना पड़ा। कदम-कदम पर जान का खतरा था। परंतु इन सब कठिनाइयों के बावजूद भी अमेरिकी बुद्धि को सफलता मिली। एक वर्ष से कम समय में अर्थात् सितंबर के अंत में यह महान दूरबीन हवा में 280 फुट की ऊँचाई तक पहुँच गयी।

इस दूरबीन के निर्माण में 4 लाख डॉलर खर्च हुए। जब सबसे पहले उसको चंद्रमा की तरफ किया गया तब निरीक्षक अपने कौतूहल को वश में न रख सके। वे वहाँ क्या देख सकेंगे ? मनुष्य, चंद्रलोक के जानवरों का झुंड, शहर, तालाब, समुद्र ? नहीं, वहाँ वैसी कोई वस्तु नहीं थी जिसका अब तक वर्णन न किया जा

चुका है। चंद्रमंडल के प्रत्येक क्षेत्र पर असंख्य ज्वालामुखियों का समूह साफ-साफ दिखायी पड़ा।

रॉकी पहाड़ों पर तोपक्लब द्वारा निर्मित इस दूरबीन ने तोपक्लब के कार्य के अलावा भी ज्योतिष विद्या को काफी लाभ पहुँचाया। उसकी विशाल शक्ति से अनेक तारों की दूरी नापी गयी तथा कैम्ब्रिज वेधशाला के श्री क्लार्क ने इस दूरबीन की सहायता से टारस राशि की वृश्चिक नीहारिका का निरीक्षण किया। इस संबंध में लार्ड रास की दूरबीन से कोई निर्णय न हो सका था।

परिच्छेद 24

22 नवंबर की तिथि आ गयी। अब केवल दस दिन बाकी रह गये। अब इस अभियान का केवल एक ही अंग बाकी रह गया था। वह कार्य था तोप में बारूद भरना। इसकी सफलता के संबंध में नाईकोल की तीसरी शर्त थी। 4 लाख पौंड पायरोक्साइल को 800 फुट नीचे तोप में उतारना कोई साधारण कार्य नहीं था। नाईकोल ने सोचा था–जो ठीक भी था–कि इतनी मात्रा में पायरोक्साइल को उतारना खतरे से खाली नहीं है।

अमेरिकी साधारणतः लापरवाह होते हैं, इसलिए खतरे की संभावना ज्यादा थी परंतु बार्बीकेन ने निश्चय किया था कि उसे अपने प्रयोग को सफल करना ही है और इस कारण उसने हर संभव सावधानी बरती। उसने स्टोनहिल तक बारूद लाने में भी काफी सावधानी का प्रयोग किया। बारूद छोटे-छोटे पैकेटों में। टेम्पा शहर से स्टोनहिल तक रेलगाड़ी में लायी गयी। वहाँ से तोप तक नंगे पैर होकर कारीगर उसे ढोने लगे। तोप के पास क्रेन द्वारा उसे नीचे उतारने लगे। वहाँ पर किसी भी स्टीम इंजिन का व्यवहार नहीं किया गया तथा चारों ओर दो मील तक सभी जगह की आग बुझा दी गयी।

नवंबर में भी वे लोग यह कार्य दिन में नहीं कर रहे थे, क्योंकि उन्हें खतरा था कि कहीं सूर्य की गर्मी से बारूद आग न पकड़ ले। वे लोग रात को कार्य करते थे और रात में कार्य करने के लिये रोशनी रूमकार्फ नामक यंत्र द्वारा शून्य में प्राप्त करते थे। इस प्रकार की रोशनी उन्होंने तोप की तली में भी पहुँचायी। इस बारूद के सभी पैकेट एक दूसरे से धातु के तार द्वारा संबद्ध थे। इनमें बिजली दौड़ाकर बिजली की चिनगारी द्वारा बारूद एक साथ उड़ा देने की योजना थी।

28 नवंबर तक बारूद के 800 पैकेट तोप के तले तक पहुँचा दिये गये। अब तक पूरा कार्य ठीक प्रकार हुआ था। परंतु इस कार्य को करने में बार्बीकेन को काफी घबड़ाहट, परेशानी तथा चिंता हो रही थी। उसने किसी भी व्यक्ति को इस समय पास नहीं फटकने दिया, इस अंदेशे में कि कहीं किसी की जलती सिगरेट से बारूद आग न पकड़ ले (यद्यपि उसकी यह आज्ञा मानी नहीं गयी)। बार्बीकेन किसी भी प्रकार से असावधान नहीं रहना चाहता था। जे.टी. मेस्टन ने भी बार्बीकेन के इस कार्य में सहायता दी। तमाशा देखने इकट्ठे हुए व्यक्तियों द्वारा फेंकी हुई जलती सिगरेट के ठूँठ को बीनकर वह उसे बुझा देता था। यद्यपि यह कार्य काफी कठिन था क्योंकि वहाँ पर इकट्ठे व्यक्तियों की कुल तादाद तीन लाख से कम न थी।

माइकेल आर्डेन ने तोप तक बारूद की ढुलाई की निगरानी करने के कार्य का बीड़ा लिया था, परंतु अध्यक्ष ने जब देखा कि वह स्वयं एक बहुत बड़ा चुरट सुलगाए हुए लोगों की भीड़ को इधर-उधर हटा रहा था तब उसके ऊपर भी एक निरीक्षक रखा।

अंत में यह कार्य भी समाप्त हो गया और कैप्टन नाईकोल अपनी तीसरी शर्त भी हार गया। अब केवल गोले को उतारना बाकी रह गया। इसके पहले यात्रा में साथ जानेवाली सभी वस्तुएँ गोले में रख दी गयीं। ये वस्तुएँ काफी थीं। यदि आर्डेन की इच्छा के अनुसार सभी वस्तुएँ रखी गयी होतीं तो शायद यात्रियों के खड़े रहने की जगह भी न रहती। परंतु बार्बीकेन के समझाने पर वह केवल उन्हीं वस्तुओं को ले जाने के लिये राजी हुआ, जो बहुत ही आवश्यक थीं। एक बक्से में कई थर्मामीटर, बैरोमीटर तथा दूरबीनें रख ली गयीं।

इन यात्रियों ने अपने साथ बियर तथा मिलर द्वारा बनायी हुई चंद्रमा के मानचित्रों के सुंदर नक्शे की एटलस 'मैपासैलीनो ग्राफिका' भी अपने साथ ले ली, जिससे चंद्रमा का अध्ययन कर सकें।

इस नक्शे में चंद्रमा पर पृथ्वी से दिखायी पड़नेवाले सभी स्थान ठीक प्रकार दिखाये गये हैं।

उन लोगों ने तीन रायफलें, तीन बंदूकें तथा काफी मात्रा में बारूद, गोले इत्यादि सामान ले लिये।

''हम नहीं जानते कि इसका हम क्या करेंगे'', आर्डेन ने कहा ''परंतु हो

सकता है कि चंद्रमा पर रहने वाले प्राणी हमारा विरोध करें और इसलिए हमारे लिए हर संभव सावधानी आवश्यक है।"

इन हथियारों के साथ उन्होंने कुदालें, आरियाँ तथा अन्य उपयोगी औजार भी लिये। गर्मी तथा सर्दी के उपयुक्त कपड़े भी काफी मात्रा में ले लिये।

आर्डेन की इच्छा थी कि प्रत्येक जाति का एक-एक जानवर भी चंद्रलोक ले जाया जाये। उसने बार्बीकेन से कहा कि "सर्प, शेर, मगर इत्यादि खतरनाक जानवर चंद्रमा पर न ले जायें तो कोई हर्ज नहीं, परंतु बैल, गाय, घोड़ी या गधा आदि उपयोगी जानवर हमें चंद्रमा तक अवश्य ले जाने चाहिए।"

"प्रिय आर्डेन, परंतु हमारा गोला इजरत नूह की नाव तो बन नहीं सकता है। वह उससे बहुत छोटा है तथा उसका उद्देश्य भी अलग है। हम केवल आवश्यक चीजें ही ले जा सकेंगे।" काफी बहस के बाद यह तय हुआ कि नाईकोल का पालतू कुत्ता तथा एक न्यू-फाउंडलैंड का कुत्ता केवल यही दो जानवर साथ ले जाये जायें। कई प्रकार के बीज भी ले लिये गये। चंद्रमा पर रोपने के लिये लगभग एक दर्जन प्रकार के हरे पौधे भी घास में लपेट कर ले लिए। अभी तक बहुत ही महत्त्वपूर्ण एक वस्तु लेनी बाकी रह गयी थी। मान लो, चंद्रमा पर अभी भूमि ऊसर निकली तब क्या किया जायेगा। बार्बीकेन ने तीनों व्यक्तियों के लिये एक वर्ष की खाद्य-सामग्री रखवा ली। उन्होंने ब्रांडी एवं पानी भी दो महीने के लिये ले लिया क्योंकि ज्योतिषियों के अनुसार चंद्रमा पर काफी मात्रा में पानी है। खाना तो वहाँ पृथ्वी के निवासी प्राप्त कर सकेंगे ही। आर्डेन ने इस संबंध में कोई चिंता प्रकट नहीं की। यदि उसे यह चिंता होती तो वह यह सफर ही नहीं कर सकता था।

"इसके अलावा, दोस्तों !" आर्डेन ने एक दिन कहा, "हमारी पृथ्वी के मित्र चंद्रमा पर पहुँचकर हमें भूल न जायेंगे?"

"बिल्कुल नहीं।" मेस्टन ने कहा।

"तुम्हारा क्या मतलब है ?" नाईकोल ने पूछा।

"अब कुछ भी कठिनाई नहीं है। तोप हमेशा यहाँ पर रहेगी ही। और वर्ष में एक बार जब चंद्रमा फिर अनुकूल परिस्थिति में होगा (बहुत ही उत्तम परिस्थिति जो अठारह वर्ष के बाद आएगी) तब हमारे दोस्त एक ऐसा गोला भेजेंगे जिसमें आवश्यक सामग्री भी रहेगी। हम उस चंद्रमा पर किसी भी दिन

पहुँचने की आशा कर सकते हैं।''

''खूब ! खूब !'' मेस्टन चिल्ला उठा, ''कैसा सुंदर विचार है। सचमुच ! मेरे दोस्तों, हम आपको नहीं भूलेंगे।''

''तो मैं आपके ऊपर यकीन करता हूँ। और अब देखिए कि जब हमें हमारे दोस्तों द्वारा बराबर सामान मिलता रहेगा तो चंद्रमा से पृथ्वी तक संबंध करने की कोई तरकीब निकाल ही लेंगे।'' उपरोक्त शब्द आर्डेन ने इतने विश्वास और सरलता से कहे कि सभी उपस्थित व्यक्तियों को उन तीनों व्यक्तियों के साथ चंद्रमा पर जाने का लालच हो आया।

अब कार्य समाप्त होकर केवल गोले को तोप में उतारकर बारूद पर रख देना ही बाकी रह गया था।

कैसे भयानक क्षण थे वे जब जंजीरों से बँधा हुआ गोला नीचे उतारा गया। यदि जंजीरें टूट जातीं ! पूरी बारूद उसके गिरने के दबाव से दग उठती।

भाग्य से ऐसी कोई दुर्घटना नहीं घटी। और कुछ क्षणों में चंद्रलोक तक पहुँचाने वाला यह यान रूपी गोला नीचे पहुँच गया और उसने बारूद के ऊपर स्थान ले लिया।

''मैं तीन हजार डॉलर हार गया।'' कह कर कैप्टन ने तुरंत ही तीन हजार डॉलर के नोट बार्बीकेन को गिन दिये।

बार्बीकेन अपने सहयोगी से यह रकम अब स्वीकार करने को तैयार नहीं था परंतु कैप्टन ने जिद की।

''अब मैं तुमसे केवल दो बातें और चाहता हूँ।'' आर्डेन ने कैप्टन नाईकोल से कहा।

''वह क्या है ?''

''यह कि तुम अपनी दो शर्तें और हार जाओ। तब हमें चंद्रमा तक पहुँचने से कोई रोक नहीं सकेगा।''

परिच्छेद 26

अंत में पहली दिसंबर आ गयी ! यदि तोप रात के ठीक 10 बजकर 46 मिनट और 40 सेकेंड पर न दागी गयी तो चंद्रमा पर जाने के लिये ऐसा उपयुक्त अवसर 18 वर्ष के बाद ही आयेगा।

हवा का रुख भी ठीक था। और यद्यपि जाड़े का मौसम था फिर भी आकाश स्वच्छ था। उस रात कितने ही व्यक्तियों के ह्दंय धक-धक कर रहे थे। यदि किसी का नहीं कर रहा था तो वह था माइकेल आर्डेन का। जैसे कोई विशेष बात होनी ही न हो वैसी साधारण अवस्था में वह था।

उस दिन सुबह से ही स्टोनहिल पर चारों ओर से लोग इकट्ठे होने लगे। वहाँ से जहाँ तक भी निगाह पहुँच सकती थी वहाँ तक आदमी ही आदमी नजर आ रहे थे। प्रत्येक 15 मिनट पर ट्रेन नये दर्शक ला रही थी। टेम्पा टाउन 'आब्जर्वर' के अनुसार वहाँ लगभग 50 लाख व्यक्ति पहुँच गये थे।

लगभग एक महीने पहले से ही वहाँ पर लोग इकट्ठा हो गये थे और उन्होंने अपनी आबादी बना ली थी। उस शहर का नाम आर्डेन के नाम पर 'आर्डेन शहर' रखा गया था। पूरा मैदान झोपड़ियों एवं तंबुओं से भर गया था। पृथ्वी भर के सभी राष्ट्रों ने निरीक्षण के लिये अपने प्रतिनिधि वहाँ भेजे थे। वहाँ पर पृथ्वी पर की प्रत्येक भाषा तथा सुनी बोली जा सकती थी। सभी वर्ग के लोग अमेरिकियों से मिल-जुलकर बातें कर रहे थे।

सर्राफ, किसान, मल्लाह, जुलाहा, दलाल, व्यापारी, भिश्ती, न्यायाधीश एवं वकील सभी वहाँ एक दूसरे से बगैर किसी भेदभाव के मिल-जुलकर बातें कर रहे थे। विचित्र प्रकार की पोशाकें वहाँ दिखायी पड़ती थीं। स्त्रियाँ भी अपने-अपने

सुंदर वस्त्राभूषणों से लैस होकर घूमती नजर आ रही थीं।

दोपहर में ये सभी व्यक्ति खाने पर जुट जाते थे। उस समय खर्च हुई शराब की मात्रा का क्या कहना! होटलों, मदिरालयों एवं रेस्तरांओं में भीड़ काफी बढ़ गयी थी। एक तरफ आवाज आती थी ''दाल लाओ'' दूसरी चिल्ला रहा था ''आलू की सब्जी दो।'' एक ओर कोने से आवाज आती थी 'रोटी'। ये आवाजें एक साथ हो रही थीं जिससे काफी शोर हो रहा था।

परंतु ? दिसंबर में ये सब आवाजें कहीं सुनाई न पड़ती थीं। किसी को भूख ही नहीं लग रही थी। शाम को चार बजे तक लाखों ऐसे व्यक्ति थे जिन्होंने सुबह से ही कुछ न खाया था।

इसी प्रकार मौन आंदोलन रात तक ऐसे चलता रहा जैसा कोई भयानक दुर्घटना होने के पहले होता है। सभी किसी घटना का बेचैनी से इंतजार कर रहे थे।

सात बज गये। चंद्रमा आसमान में ऊपर आ रहा था। लाखों आवाजों ने एक साथ उसके स्वागत में नारे लगाये। उतने में वे तीन यात्री भी वहाँ दिखायी पड़े। इन लोगों को देखकर नारे और भी बढ़ गये और शोर बहुत भयंकर हो गया। उसके बाद एक निश्चित इशारे द्वारा सभी को शांत किया गया और संयुक्त राज्यों का राष्ट्रगान 50 लाख भर्राये हुए गलों से निकला। इसके बाद कुछ क्षणों के लिये पूरी शांति छा गयी।

इतने ही में एक फ्रांसीसी एवं दो अमेरिकियों ने गोले के पास ही अपना स्थान ले लिया था। वहाँ पर तोपक्लब के सदस्य तथा यूरोप की लगभग सभी वेधशालाओं के प्रतिनिधि भी पहुँच गये थे। बार्बीकेन शांत स्वर में अंतिम आज्ञाएँ दे रहा था। नाईकोल पीछे हाथ बाँधकर होंठ दाबे हुए तथा मजबूती से भूमि पर कदम रखता हुआ टहल रहा था। माइकेल आर्डेन हमेशा की ही तरह, खुश होकर, मुँह में चुरुट दाबे, मेस्टन से हँसी-मजाक कर रहा था। एक शब्द में कहा जाये तो अंत तक यह कच्चा 'फ्रांसीसी' रहा।

दस बजे। गोले में प्रवेश करने का समय हो गया। उनको नीचे उतरने में तथा उसके बाद 'क्रेन' आदि सामान को हटाने में भी कुछ समय लगेगा।

बार्बीकेन ने अपनी घड़ी मर्चीसन की घड़ी से मिलाकर एक सेकेंड के दसवें तक शुद्ध कर लिया था। मर्चीसन के जिम्मे बिजली की चिनगारी द्वारा इतनी

बड़ी तोप दागने का भव्य काम था।

अब यात्री लोग गोले में प्रवेश करने को तैयार हो गये।

"नमस्ते" कहने का क्षण आ गया। बहुत ही मार्मिक दृश्य था। प्रसन्नचित रहने वाला आर्डेन भी पिघल गया। उसकी आँख से भी पानी का एक बिंदु अनजाने अध्यक्ष के सिर पर टपक पड़ा। मेस्टन से रहा न गया।

"क्या मैं नहीं चल सकता ! अब भी समय है।"

"असंभव, मेरे दोस्त।" बार्बीकेन ने जवाब दिया। कुछ क्षण में तीनों यात्रियों ने अपने लंबे सफर के यान में प्रवेश किया। प्रवेश द्वार पेचों की सहायता से मजबूती से कस दिया गया।

चंद्रमा आकाश में ऊँचे उठ रहा था। और अब वह शिरोबिंदु और क्षितिज के बीच में था। पूरे वातावरण में भयानक शांति छा गयी। किसी भी दर्शक के दिल से धड़कन की आवाज भी नहीं आ रही थी। सभी की निगाहें तोप के मुँह पर लगी थीं। चंद्रमा जाने वाला यान तोप में नीचे उतर चुका था।

मर्चीसन की आँखें घड़ी पर लगी थीं। गोला दागने में केवल 40 क्षण बाकी रह गये थे। एक सेकेंड एक युग के समान बीत रहा था। 20वें सेकेंड में सभी के शरीरों में एक कंपन हुआ। लोगों ने अनुभव किया कि जिस प्रकार वे लोग सेकेंड गिन रहे हैं वैसे ही यान में बैठे यात्री भी गिन रहे होंगे। भीड़ में से कुछ लोग चिल्लाये भी।

"पैंतीस, छत्तीस, सैंतीस, अड़तीस उनतालीस, चालीस—दागो।"

मर्चीसन ने तुरंत ही बटन पर रखी उँगली दबा दी। तारों में बिजली फैल गयी और तोप में रखी बारूद के सभी हिस्सों में चिनगारी लग गयी।

जैसा धमाका हुआ, वैसा पृथ्वी पर आज तक कभी भी सुनाई नहीं पड़ा होगा। ज्वालामुखी भी इतनी आवाज से न फटता होगा। उस आवाज के वर्णन के लिये कोश में कोई शब्द ही नहीं है।

आग की एक बहुत ऊँची लपट तोप के मुँह से आकाश की ओर ऊँची उठी। पृथ्वी हिल गयी और बड़ी कठिनाई से केवल कुछ ही व्यक्ति एक क्षण के लिये ही घूमते हुए गोले को देख सके।

परिच्छेद 27

जिस समय आग की लपटें तोप के मुँह से निकलीं उसी समय पूरे फ्लोरिडा की भूमि पर रोशनी हो गयी और लगने लगा कि रात समाप्त हो गयी है और दिन हो गया है। आग की यह प्रचंड ज्वाला 100 मील दूर तक देखी जा सकी थी और कई जहाजों के कप्तानों ने अपनी जंत्री में इस प्रकाश का दर्शन दर्ज किया।

तोप छूटने के बाद ही तुरंत एक भूचाल आया। फ्लोरिडा काफी गहराई से हिल गया था।

बारूद से निकली हुई गैसों ने गर्मी के कारण फैलकर वातावरण के एक स्तर को जोर से दूर ठेल दिया। इस धक्के से उत्पन्न चक्रवात सारे फ्लोरिडा पर फैल गया।

धमाका होते ही एक भी दर्शक अपने पैरों पर खड़ा नहीं रह सका। भारी तूफान में जिस प्रकार मक्के की बालियाँ गिर पड़ती हैं उसी प्रकार पुरुष, स्त्री, बच्चे सभी धराशायी हो गये। मेस्टन महोदय तो 120 फुट दूर जा गिरे। 3 लाख व्यक्ति कुछ समय के लिये बिल्कुल बहरे हो गये। जैसे ही धमाके का प्रथम असर समाप्त हुआ वैसे ही धमाके उबरे व्यक्तियों सहित समस्त भीड़ चिल्ला उठी "आर्डेन जिंदाबाद ! बार्बीकेन जिंदाबाद ! नाईकोल जिंदाबाद !" हजारों व्यक्ति दूरबीन की सहायता से अंतरिक्ष में गोले की ओर देखने लगे; परंतु उनको कुछ भी दिखाई न पड़ा। चंद्र का प्रकाश उतना पर्याप्त नहीं था जिससे कुछ दिखाई भी पड़ता। उनको पर्वत की चोटी पर से इस संबंध में आनेवाले तार का इंतजार करना पड़ा। कैम्ब्रिज वेधशाला के संचालक महोदय अपना काम करने के लिये रॉकी पहाड़ पर पहुँच गये थे तथा अंतरिक्ष में 900 फुट लंबी तोप द्वारा चंद्रमा

पर भेजे गये इस यान का निरीक्षण करने लगे।

परंतु एक ऐसी परिस्थिति पैदा हो गयी जिससे जनता के धैर्य की परीक्षा हुई। आकाश जो अब तक स्वच्छ था, उसमें घने बादल छा गये।

वातावरण के स्तरों के उथल-पुथल के बाद ऐसा तो होना ही था। क्योंकि पाइरोक्तिल के दो लाख पाउण्ड भार के विस्फोट के फलस्वरूप बहुत ज्यादा धुआँ निकला था।

दूसरे दिन भी आकाश में धुएं बादल मौजूद थे। यह बड़े दुर्भाग्य की बात थी। परंतु चूँकि मनुष्य ने प्रकृति की बातों में दखल देना शुरू कर दिया था इसलिए प्रकृति के इस कोप का भी उसे ही सामना करना था।

मान लीजिए कि प्रयोग सफल हो, तो एक दिसंबर की रात को 10 बजकर 46 मिनट 20 सेकेंड पर छूटे ये यात्री 4 तारीख की 12 बजे रात को अपने गंतव्य स्थान पर पहुँच जायेंगे। इसलिए उस समय यह बहुत ही कठिन था कि गोला जैसी एक छोटी वस्तु को इतनी गति से जाते देखा जा सके। उन्हें धैर्य धारण करना आवश्यक था।

4 से 6 दिसंबर तक पूरे अमेरिका पर वैसा ही मौसम रहा। यूरोप में हर्शेल, रौंसा तथा फोंका की दूरबीनों द्वारा अच्छा मौसम होने के कारण निरीक्षण किया गया परंतु उनकी दूरबीनें बहुत ही कम शक्ति की थीं। इस कारण उनसे कुछ भी नहीं देखा जा सका।

सात दिसंबर को आकाश में बादल कुछ कम हुए। अब कुछ आशा बँधी। परंतु वह अल्प अवधि की ही रही क्योंकि तुरंत ही फिर बादल छा गये।

अब परिस्थिति गंभीर हो रही थी। 9 को फिर अमेरिकियों को चिढ़ाने को सूर्य दिखाई पड़ा और रात को फिर बादल छा गये।

10वीं तारीख भी ऐसे ही बीत गयी। जे.टी. मेस्टन आधा पागतु-सा हो गया। अंदेशा होने लगा कि वह कहीं पूरा पागल न हो जाये।

परंतु 11 तारीख को परिस्थिति बदल गयी। प्रचंड हवा के झोंके चलने लगे और सभी बादल गायब हो गये।

परिच्छेद 28

उसी रात को जिस समाचार के लिये पूरा अमेरिका इंतजार कर रहा था, बिजली की तरह फैल गया। अमेरिका से यह समाचार पृथ्वी भर में तार द्वारा पहुँच गया। गोले का पता चल गया था। कैम्ब्रिज वेधशाला के संचालक ने एक अलग विज्ञप्ति प्रकाशित करायी। उसमें इस महान प्रयोग का वैज्ञानिक परिणाम था–

''लोंग की चोटी''

दिसंबर 12

''सेवा में,

कैम्ब्रिज वेधशाला के अधिकारीगण,

स्टोनहिल की तोप द्वारा छोड़ा गया गोला सर्वश्री बेलफास्ट एवं जे.टी. मेस्टन ने 12 दिसंबर को 8 बजकर 47 मिनट पर देखा। चंद्रमा अपनी अंतिम कला की अवस्था में है। गोला अब तक अपने निश्चित ध्येय तक नहीं पहुँचा है। वह निशान से जरा-सा हट गया है, परंतु फिर भी चंद्रमा की आकर्षण शक्ति के भीतर ही है।

अब गोला सीधे चंद्रमा की ओर जाने के बजाय उसके चारों ओर अंडाकार परिधि में घूम रहा है। इस प्रकार यह गोला अब सच्चे मायने में चंद्रमा का उपग्रह हो गया है। इस नये उपग्रह को बनाने वाले तत्त्वों का निर्णय हम अभी नहीं कर पाये हैं। अब तक हम उसके घूमने की गति भी ज्ञात नहीं कर सके हैं। उसकी चंद्रमा से दूरी लगभग 2833 मील है।

निम्नांकित दो बातें हमारे ध्यान में आ रही हैं–

1. या तो अंत में चंद्रमा का आकर्षण बल गोले को अपनी ओर खींच लेगा और इस प्रकार अंत में गोला अपने ध्येय तक पहुँच जायेगा।

या

2. गोला अलंघ्य नियमों के अनुसार चंद्रमा के चारों ओर अनंत काल तक घूमता ही रहेगा।

इन दोनों बातों में से अंत में कौन-सी बात होकर रहेगी, यह हम निकट भविष्य में निर्णय कर सकेंगे परंतु तब तक तोपक्लब के इस प्रयोग के संबंध में हम केवल यही कह सकते हैं कि उन्होंने सौर-मंडल में एक नये ग्रह का निर्माण किया है।

जे. बेल फास्ट"

इस अप्रत्याशित घोषणा ने कितने नये प्रश्न उत्पन्न किये ? विज्ञान के इस क्षेत्र की खोज में भविष्य में क्या रहस्योद्‌घाटन होगा ?

जो कुछ भी हो, नाईकोल, बार्बीकेन एवं आर्डेन के नाम ज्योतिष शास्त्र में हमेशा के लिये अमर हो गये।

जब लोंग पर्वत की चोटी पर से उपरोक्त घोषणा सभी जगह फैल गयी तब समस्त दुनिया में आश्चर्य एवं आशंका की भावना फैल गयी। क्या भविष्य में इन बहादुर यात्रियों की मदद हो सकेगी ? नहीं। क्योंकि उन्होंने प्रकृति द्वारा मनुष्यों पर लगाई सीमा का उल्लंघन कर लिया है। उनके पास दो महीने के लिये

पर्याप्त हवा थी और 12 महीने के लिये अन्य सामग्री।

परंतु उसके बाद ? केवल एक ही व्यक्ति था जो विश्वास-पूर्वक परिस्थिति को इतनी निराशाजनक नहीं समझता था। वह व्यक्ति था जे.टी. मेस्टन।

उसने उनको कभी भी अपनी निगाहों से दूर नहीं होने दिया। लोंग की चोटी पर उसने स्थायी रूप से अपना निवास स्थान बना लिया। जैसे ही चंद्रमा आकाश पर उठने लगता वैसे ही वह दूरबीन से देखता और धैर्य से गोले की गति का निरीक्षण करता और इस प्रकार वह अपने तीनों दोस्तों के बराबर संपर्क में रहा करता था तथा उसे उनसे एक बार फिर मिलने की आशा थी।

उसने कहा, "ये तीनों व्यक्ति अंतरिक्ष में अपने साथ पृथ्वी से समस्त कला-विज्ञान एवं उद्योग ले गये हैं। इनके द्वारा सब कुछ संभव है और एक दिन दुनिया देखेगी कि वे सीधे पृथ्वी पर लौट आयेंगे।"

●●●